2레벨로 회귀한 무신

PAPYRUS FANTASY STORY

염비 판타지 장편소설

2레벨로 회귀한 무신 25

초판 1쇄 발행 2023년 7월 28일

지은이 | 염비
발행인 | 최원영
편집장 | 이호준
편집 | 송영규 최종건 정재웅 양동훈 곽원호 조정범 강준석 김시언
편집디자인 | 한방울
영업 | 김민원

펴낸곳 | ㈜ 디앤씨미디어
등록 | 2002년 4월 25일 제20-260호
주소 | 서울시 구로구 디지털로 26길 111 JnK디지털타워 503호
전화 | 02-333-2513(대표)
팩시밀리 | 02-333-2514
E-mail | papy_dnc@dncmedia.co.kr
블로그 | blog.naver.com/gnpdl7

ISBN 979-11-364-4605-3 04810
ISBN 979-11-364-2555-3 (SET)

2레벨로 회귀한 무신

25

PAPYRUS FANTASY STORY

염비 판타지 장편소설

PAPYRUS
파피루스

1장

1장

'뭔 하루 종일 지켜보네.'

비서이자 호위라면서 엘프 미아가 집에 들어온 후.

김지훈은 좌불안석으로 지냈다.

저쪽에서 24시간 보필할 거라는 이야기를 듣긴 했지만.

"아니…… 저, 화장실까지 따라오는 건 좀……."

"원래 화장실에서 암살이 많이 일어난답니다. 전 없는 셈 치고 일 보세요."

"누, 누가 날 암살을 한다고."

"혹시나 있을 일을 대비해야죠."

그렇다고 화장실까지 따라올 줄은 몰랐다.

'귀환하고 제일 성가시군.'

특히 김지훈이 엘프 눈치 보는 연기를 하루 종일 하고 있자니.

S급 세계수를 없애면서 이그드라실의 부대와 충돌했을 때보다 지금이 훨씬 피곤했다.

'일반 엘프면 그냥 적색 권능으로 대처하면 될 거 같은데, 얘는 뭔가 꺼림칙하단 말이지.'

사실 이그드라실이 최상위 청검에게 엘프를 붙이라고 한 이상.

자신을 감시할 엘프가 올 건 이미 알고 있었다.

다만.

하이 엘프.

그것도 부총독보다도 강한 상대가 일개 비서로 올 줄이야.

'그러고 보니 지구에서 부총독보다 강하면, 얘가 총독 아냐?'

물론 총독을 꼭 강자가 하란 법은 없긴 하지만.

아무리 봐도, 이 하이 엘프.

평범한 존재 같진 않단 말이지.

'일단 얘를 직접 건드리는 건 보류해야겠군.'

귀찮다고 얘한테 직접 권능을 썼다간, 긁어 부스럼이 될 것 같아.

성지한은 그런 자신의 감을 믿었다.

'일단, 며칠 동안은 김지훈의 삶에 충실할까.'

어차피 연구실에서 김지훈이 배양되는 것도 일주일 걸린다고 했으니까.

며칠 텀을 두고 테러를 가는 게 낫겠지.

'그럼, 얘로 레벨 업 하러 가야겠네.'

그는 대기 길드로 가기 위해, 옷을 주섬주섬 갈아입었다.

그러자.

계속해서 김지훈을 바라보고 있던 미아가 입을 열었다.

"외출하시나요?"

"어. 응. 그, 길드에 레벨 업 좀 하러 가려고."

"레벨 업…… 주무시기만 하면 검의 전당에서 하실 수 있는데, 굳이 가시는 이유를 여쭤봐도 될까요?"

"그냥, 빨리 성장하고 싶어서. 후발주자니까…… 나."

"하지만 적합도는 벌써 최상위이신데요. 다른 분들처럼 인생을 즐기셔도 될 텐데. 왜 굳이."

말투는 공손하지만, 꼬치꼬치 캐묻는 엘프 비서.

'……총독이고 뭐고 그냥 권능 써?'

성지한은 머릿속으론 그리 생각하면서도.

겉으로는 김지훈에 제대로 빙의하여, 몸을 움츠렸다.

"그, 옛날부터 플레이어 되면…… 배틀넷 게임도 하고 싶었어. 노느니 레벨 업 하는 게 낫잖아? 이, 이게…… 문제라도 있어?"

"아, 아니에요. 그냥 궁금해서 여쭤봤을 뿐이에요."

싱긋 웃은 미아는 먼저 현관문으로 가서 이를 열었다.

"그럼, 제가 직접 길드로 모시겠습니다."

역시 길드도 당연히 따라올 생각이군.

김지훈 일행이 그렇게 아래층의 대기 길드로 내려가자.

"어머, 김지훈 님. 오늘도 게임 플레이하러 하러 오셨나요?"

마침 길드 로비에서 직원들에게 지시를 내리고 있던 이하연과 마주쳤다.

반갑게 그를 맞이하던 그녀는.

곧 김지훈의 바로 뒤에 선 엘프를 보고 눈을 깜빡였다.

"근데, 뒤의 분은……."

"총독부에서 파견 오신 호위입니다."

"총독부에서 직접요? 우와, 엘프신 것 같은데……."

세계수 연합의 구성원인 엘프가 직접 호위를 하다니.

아무리 남자 하프 엘프가 중요하다고 해도, 이런 특별대우는 본 적이 없었다.

"안녕하세요. 전……."

이하연이 먼저 인사를 하려고 고개를 숙였을 때.

"지훈 님. 왜 굳이 이 길드를 선택하셨는지 여쭤봐도 될까요? 길드 랭킹이 그렇게 높지 않은 걸로 알고 있는데요."

미아는 그녀의 인사를 자연스럽게 무시하면서, 김지훈에게 질문했다.

"……대기 길드는 전 세계에서 성장 버프가 가장 뛰어나니까. 이를 통해 보다 빨리 성장하려고 했어."

"아, 성장 버프 때문인가요."

"응, 맞아."

"흐음…… 그렇군요."

고개를 끄덕이는 엘프 미아와, 그런 그녀의 눈치를 슬쩍 살피는 김지훈.

'……뭐지? 길드 마스터님을 자연스럽게 무시한 건 엘프니까 그렇다 쳐도.'

'뭔가 호위 같지가 않네.'

이 둘은 외부자가 보기에도, 정상적인 호위와 보호 대상 간의 관계 같지가 않았다.

"그, 그럼. 게임 하러 갈게."

"네. 전 여기서 자리를 지키고 있겠습니다."

그렇게 묘한 분위기 속에서, 김지훈이 배틀넷 커넥터에 들어서자.

미아는 주변을 바라보고, 단호하게 말했다.

"모두 나가. 이 장소, 깔끔히 비워."

"아……."

"저, 저기."

"너희의 주인이 누군지, 설마 모르는 건 아니겠지?"

그러면서 긴 귀를 매만지는 미아.

이는 인간의 주인은 엘프라고 알리는 제스처나 다름없었다.

"아, 알겠습니다!"

그러자 플레이어고 직원이고 할 거 없이.

모두 황급하게 커넥터실에서 빠져나왔다.

그렇게 사람이 다 사라지자.

미아는 김지훈이 들어간 배틀넷 커넥터에 손을 가져다 대었다.

그러자.

지이이잉…….

그 손 위로 떠오르는 시스템 창.

"배틀넷 플레이어 인증, 정상. 정부의 행정기록과도 일치……."

김지훈이 정상적인 루트로 게임을 플레이하고 있는 지 검증한 그녀는.

모든 게 '정상'이라고 판별되자 고개를 끄덕였다.

"역시, 아니었나……."

그러면서 차가운 눈으로 배틀넷 커넥터를 내려 보며, 생각에 잠긴 미아.

'진짜 의심하고 있네, 날.'

김지훈의 몸에서 잠시 빠져나왔던 성지한은, 이를 모두 지켜보고 있었다.

* * *

환염으로 만들어진, 플레이어 김지훈.

이 프로필은, 방금 미아가 확인한 대로 완벽했다.

'심지어 누나가 빌려준 이 집의 계약마저도, 새롭게 만들어져서 전입 기록에 남겨져 있다고 했지.'

배틀넷 시스템에서 정상 인증을 받는 거에 비하면.

정부 기록쯤이야 너무나도 손쉽게 수정이 되었으니.

김지훈의 행적에 대해, 미심쩍은 점은 실시간으로 뒤바뀐 상태였다.

그러니까 이 프로필을 가지고는, 의심을 한 건덕지가 없을 텐데.

"아레나의 주인이 돌아온 시기와 적색의 관리자가 등장한 시기. 그리고 지금껏 없었던 성장형 능력자, 김지훈의 등장 시기까지…… 모두 다, 그냥 우연인가."

툭. 툭.

미아는 손가락으로 시스템 창을 몇 번 두드리더니, 뒤로 물러섰다.

'등장 시기가 비슷해서 날 검증하려 든 건가.'

처음엔 겨우 그딴 이유 하나로 하이 엘프가 직접 왔나 싶었지만.

아무래도 지금까지 각성한 플레이어 중, 김지훈 같은

능력을 지닌 사람은 없었기에.

감시하는 김에 정밀 검증도 같이 진행하는 것 같았다.

그때.

지이잉…….

그녀가 띄운 시스템 창 위로, 부총독 트리아의 얼굴이 나타났다.

[총독님, 검증은 끝나셨습니까?]

엘프어로 입을 여는 트리아.

그녀는 확실하게 미아보고 총독이라 지칭하고 있었다.

"어. 김지훈의 인증기록, 다 정상이야."

[그럼 빨리 복귀하십시오. 총독님, 재가가 필요한 안건이 쌓여 있습니다.]

"나 나온 지 하루도 안 됐는데? 무슨 안건이 그렇게 많아?"

[이번에 이그드라실님께서 직접 지구의 일을 살피신다고 하시지 않았습니까. 총독님이 처리하셔야 할 일이 많습니다.]

"알았어. 3일 뒤에 갈게."

[3일……]

"내 촉, 좋은 거 알지? 뭔가 말끔하지가 않아. 김지훈."

[……알겠습니다. 3일 뒤에 꼭 복귀해 주십시오.]

어차피 엘프어는 인간들이 못 알아들을 거라 생각하는지.

부담 없이 대화를 나누는 두 엘프.

'흠, 어쩐지 강하더라니. 총독이었네.'

왜 그렇게 높으신 분이 김지훈 비서이자 호위를 자처하면서 여길 오고 있냐.

일이 없는 것도 아니고, 부총독이 저렇게 호소하는데 말이야.

'3일이 지나면 일반 엘프로 교체되려나.'

일반 엘프면, 적색 권능을 써서 활동해도 별 부담이 없겠네.

그때까지만 책잡힐 일을 안 하면 되는 건가.

'아니. 그냥 얌전히 있는 것보다, 적색의 관리자가 이 시기에 적극적으로 일을 벌이는 게 낫겠어.'

3일간 쥐죽은 듯이 있다가 총독이 물러난 후, 일을 벌이는 것보다는.

총독이 직접 김지훈을 감시하고 있을 때.

적색의 관리자가 활발히 활동하며 세계수 행성들이 터져 나가면 알리바이가 확실해진다.

좋아.

그럼 이번 게임이 끝난 후, 틈을 봐서 세계수를 불태우러 가야지.

성지한은 그렇게 결심하곤, '김지훈'의 게임이 시작되길 기다렸지만.

[플레이어를 매칭 중입니다…….]

배틀넷 커넥터 안에 다시 들어오니.

계속 플레이어를 매칭 중이라는 메시지만 떠오르고 있었다.

'뭐 이리 오래 걸려?'

저번에는 금방 매칭돼서 쓰레기장 맵에 갔는데 말이야.

성지한은 잠시 대기했지만.

[플레이어를 매칭 중입니다…….]

이 메시지만 계속해서 떠오르고 있었다.

이걸 가만히 지켜보던 그는.

'아, 그래.'

문득 좋은 생각이 떠올랐다.

'이 안에 있을 땐, 화장실까지 따라오는 총독도 개입을 못 한단 말이지…….'

김지훈을 24시간 감시하는 총독.

하나 커넥터 안까지는 들여다보질 않았다.

'지금 매칭 시간 보니까, 몇 분은 더 걸릴 거 같은데.'

거기에 남자 하프 엘프 전용 배틀넷 커넥터가 그런 건지.

게임 로딩 시간도 처음 꽤 걸렸었다.

이걸 다 종합하면, 한 5분 정도의 여유 시간은 날 거 같은데.

그 정도면, 행성 하나의 세계수를 없애기엔 충분한 시간이었다.

'좋아. 매칭 돌리는 동안 하나 없애러 갈까.'

이번 테러는 알리바이를 위해, 적색의 관리자가 활동하는 걸 보여 주는 거니까.

굳이 S를 부수러 갈 필요는 없겠지.

'한 D급쯤 가야겠군.'

성지한은 그리 생각하곤.

스스스…….

김지훈의 몸에서 빠져나왔다.

그리고 인기척이 없는 곳으로 가서.

'여기 가야겠다.'

D급 행성 명단을 확인하고는, 그중 하나로 이동했다.

스스스스…….

S급 때와는, 확실히 크기 차이가 나는 세계수.

'방비도 아예 없는 거나 다름없군.'

이 정도면 맨 처음 쳐들어갔을 때처럼.

아예 들키지 않고 세계수 잘라올 수도 있겠네.

하지만.

'티를 내러 왔으니까, 다 불살라야지.'

성지한은 전신을 불사른 상태로, 대기권에서 바로 세계수로 떨어져 내렸다.

화르르륵……!

거대한 유성처럼 떨어져 내리는 적색의 관리자.

그건 금방 D급 세계수 주변을 초토화시키며, 모든 것을 불살랐다.

'일단 하나 챙겼고.'

푹……!

청홍으로 D급 세계수를 흡수한 성지한은.

시간을 확인했다.

여기까지 소요된 시간은 3분 남짓.

'하나 더 가도 되겠네.'

이왕 쳐들어간 거, 한 개는 아쉽지.

그는 다음 D급 행성의 좌표로 이동했다.

그리고 아까와 똑같이.

슈우우우우……!

거대한 불구덩이로 변해 땅에 떨어지려는 성지한.

한데.

'……음?'

땅에 가까워지면 가까워질수록.

뭔가, 저기서 익숙한 느낌이 들었다.

'뭐지?'

스탯 영원이 공명이라도 하나.

그리 생각하며 땅에 떨어지던 성지한은.

'……어.'

세계수 근처에 우두커니 서 있는 김지훈을 발견했다.

아니, 뭐야.

'……쟤가 왜 저기 있어?'

설마 배틀넷에서 매칭된 맵이, 여기랑 관련이 있는 건가?

아니 무슨 브론즈가 여기에 매칭될 게 뭐가 있다고.

성지한은 잠시 주춤했지만.

화르르륵!그의 몸에서 피어오르던 불길은.

땅에 닿기도 전에, 천지를 모두 잠식한 상태였다.

그리고 세계수까지 번져 버린 불은.

물론, 그 근처에 있는 김지훈한테도 금방 닿아버렸다.

치이이이익……!

순식간에 숯검덩이가 되더니.

파아아앗!

빛이 되어 사라지는 김지훈.

그 외에도, 주변에 플레이어로 보이는 약한 개체들이.

대번에 빛으로 변해 사라졌다.

'……다행히 인게임 캐릭터네.'

안 그랬으면 빛으로 사라지지 않았겠지.

어쨌든.

'내가…… 부캐를 죽인 셈이군.'

땅에 착지한 그는, 헛웃음을 지었다.
알리바이.
이렇게까지 만들고 싶진 않았는데 말이지.

'……돌아가자.'

번쩍!
세계수를 흡수한 그는.
얼른 김지훈의 몸으로 복귀했다.

* * *

방금 전.

[플레이어가 스페셜 던전 맵, '세계수의 축복'에 배정됩니다.]

오랜 대기시간 끝에, 김지훈은 스페셜 맵에 배정된 상태였다.

그리고.

그가 게임에 들어서자, 자동으로 켜지는 배틀튜브.

—오, 뭐야. 김지훈 오늘도 게임 해?

—남자 하프 엘프가 무슨 일로 꾸준하대?

—ㄹㅇㅋㅋ

—와 근데 맵 뭐임 이거?

—스페셜 던전?

—아, 이거…… 하프 엘프 중에 몇몇 걸리는 거 봤음.

—여기 완전 보너스 스테이지던데.

김지훈이 선정된 '세계수의 축복'맵.

여기는, 하프 엘프 이상만 들어갈 수 있는 맵으로.

다른 게임과는 달리, 풍족한 보상이 주어지는 곳으로 알려져 있었다.

푸르른 녹음이 펼쳐진 맵 안에는.

중앙부에, 커다란 세계수가 압도적인 존재감을 드러내고 있었다.

—와, 세계수다…… 남산 거랑 생긴 게 비슷하네.

—저번에 보니 저 땅에 떨어진 세계수의 과육 먹고 스탯 공으로 올리던데.

—첫 게임엔 쓰레기장 걸리더니 오늘은 재수가 좋네요.

-이런 날도 있어야지 ㅎㅎ

-이렇게 운 좀 터져 줘야 다음에도 게임 돌리잖아.

-ㄹㅇ 저번처럼 쓰레기장 같은 맵 또 걸리면 겜 접을 걸 ㅋㅋ 잠만 자도 레벨 업 하는데.

남자 하프 엘프 중에서 게임을 꾸준히 돌리는 이는 거의 없었으니.

사람들은 김지훈이 이렇게 좋은 맵에 걸려서, 계속 게임을 켜 주길 바라고 있었다.

그리고.

번쩍! 번쩍!

김지훈 다음으로, 하나둘씩 소환되는 플레이어들.

"오……!"

"이 맵에 배정되다니."

"어머니의 축복을 받게 되어 영광입니다."

모두가 엘프로 구성된 이들은.

이 맵에 선정된 걸 매우 기뻐하며, 세계수에 경의를 가득 담아 절을 했다.

그러고 일어난 엘프 중 일부는.

우두커니 서 있는 김지훈을 보면서, 눈쌀을 찌푸렸다.

"저자는 근데…… 여기에 있어도 되는 존재입니까?"

"분명, 생명력은 느껴집니다만…… 기괴하군요. 너무나도 다르게 생겼습니다."

한 공장에서 찍어 낸 것 같은 엘프들이, 자신과는 다른 김지훈의 모습을 보면서 경계했지만.

뚜벅. 뚜벅.

"괜찮습니다. 오히려 그는 '특별 관리 대상'. 어머니의 축복을 가장 많이 받아야 할 존재입니다."

세계수 근처에서 엘프 신관이 걸어오며, 그리 말하자.

"네, 네!"

"그렇군요. 이 맵에 선정된 플레이어에겐, 당연히 어머니의 뜻이 있었을 텐데……."

"그런 줄도 모르고, 허투루 생각했습니다."

의문을 지녔던 이들이 모두 신관에게 고개를 숙였다.

"사과할 대상은 제가 아닙니다."

"그럼……."

"자, 자매님. 저분께 사과하세요."

"알겠습니다……."

신관의 말에 따라, 엘프들이 김지훈에게 사과를 하러 다가오자.

그보다도 시청자들이 먼저 반응했다.

-와, 엘프님이 사과를 ㄷㄷ

-영광이네…….

-근데 김지훈 왜 정신 못 차리고 있음?

-얼른 괜찮다면서 고개 숙여야지 ㄷㄷ

-ㄹㅇ 하프가 여기서 고개 빳빳하게 있으면 선 넘는 거야.

식민지 치하.

인류에 비해 확실한 '상위 종족'인 세계수 엘프는.

사람들에게 경외의 대상이었다.

남자 하프 엘프가 아무리 우대를 받고 있다고 한들, 결국에는 하프.

'진짜'인 세계수 엘프에게는 당연히 고개를 숙여야 한다는 게 사람들의 당연한 인식이었다.

그렇게 김지훈 정신 차리라고 채팅이 올라오고 있을 때.

"……어?"

재앙이.

전혀 예측하지 못한 곳에서 도래했다.

세상이 시뻘겋게 물들더니.

화르르르륵……!

순식간에 불타오르는 숲속.

-잉?

-뭐야 이거??

-왜 갑자기 불 남?

-저번엔 안 이랬는데…….

순식간에 화마에 뒤덮이는 맵을 보면서 시청자들이 의아해 할 즈음.

슈우우웅……!

김지훈의 눈앞이, 순식간에 붉은빛으로 가득 찼다.

그와 동시에, 순식간에 녹아내리는 몸뚱어리.

그리고 그 위로는.

[플레이어가 사망했습니다.]

[게임이 종료됩니다.]

게임 종료를 알리는 메시지가 떠올랐다.

* * *

'세계수의 축복 맵이라…… 이렇게 된 거였군.'

한편, 김지훈의 몸으로 돌아온 성지한은.

배틀튜브의 대화 기록을 쭉 올려 보며 무슨 일이 일어났는지를 파악했다.

세계수의 축복 맵.

'그냥 D급 세계수만 좀 없애고 올 생각이었는데…… 이게 이렇게 맞물릴 줄은 몰랐군.'

게시판에서 찍어 둔 세계수 연합의 행성 좌표는 수백개.

여기서 랜덤하게 고른 게, 이렇게 절묘하게 매칭이 될 줄이야.

단순히 우연인가?

'……뭐, 일단은 이 상황을 이용해야겠지.'

성지한은 그리 생각하고, 커넥터 안에서 김지훈의 상태를 살폈다.

보너스 맵에 걸렸는데도, 스탯도 못 올리고 화형당한 몸.

물론 인게임에서의 일이라, 현실 세계의 몸에는 영향을 끼치지 않아야 정상이었지만.

'청이…… 약간 변화했네?'

김지훈의 신체에 자리 잡고 있던 스탯 청.

그 능력이, 살짝 성장해 있었다.

적의 불길에 완전히 불타오를 때, 자극이라도 받은 건가.

'흐음…….'

그가 이 현상에 대해 생각을 하고 있을 즈음.

"지훈 님, 몸은 좀 괜찮으세요?"

커넥터 바깥에서, 그를 부르는 미아의 목소리가 들렸다.

배틀튜브에서 몸이 불타오르는 걸 봤나 보네.

'일단 나가야겠군.'

김지훈이 안에서 나가는 버튼을 누르자.

치이이익…….

커넥터의 문이 열리며, 그가 나올 공간을 마련해 주었다.

"아…… 이게 대체 무슨 일이지? 원래 이런 맵이 아닐 텐데."

"배틀튜브 보고 깜짝 놀랐어요. 몸은 좀 어떠세요?"

"그게……."

스탯 창의 변화는 아직 미묘해서, 이걸 벌써 거론하는 건 시기상조고.

그는 오히려 이번 사건을 다른 데에 써먹기로 마음먹었다.

"게임에서 죽은 거뿐인데…… 머리가 좀 어지럽네."

"머리가요……."

"응. 컨디션이 좀…… 두통도 있는 거 같고."

그러면서 김지훈은 관자놀이를 매만졌다.

"아무래도 가서 좀 쉬어야겠어……."

"네. 몸이 편찮으시니, 돌아가는 길에는 포탈을 열겠습니다."

그러면서 미아가 손짓하자.

지이이잉…….

허공에 바로 포탈이 떠올랐다.

"아, 그래도 길드 마스터한테 간다고는 말씀드려야지."

"지금은 지훈 님 몸을 살피는 게 먼저입니다. 그 말씀은 다음에 제가 대신 전하도록 하지요."

"그, 그래?"

"네. 그러니 지훈 님께서는 일단 몸조리를 우선하세요."

그러면서 얼른 포탈에 들어가라고 권유하는 미아.

김지훈은 고개를 끄덕이곤, 그 안으로 들어섰다.

그렇게 다시 방으로 돌아온 그는.

"으으……."

미간을 찌푸리더니, 미아 쪽을 조심스레 쳐다보았다.

"그, 나 좀 누워도 될까……."

"어머, 지훈 님. 저는 신경 쓰지 마시고 푹 쉬세요. 전 어디까지나 비서로 온 거니까요."

"아…… 알았어."

김지훈은 침대에 눕고는, 몸을 이리저리 뒤척였다.

"으, 으……."

간혹 고통의 신음성도 내면서, 30분간 잠에 들지 못하고 있자니.

이를 지켜보던 미아가 입을 열었다.

"지훈 님, 잠이 안 오시면 슬립 마법, 써 드릴까요?"

"아, 부탁 좀 할게……."

"네. 검의 전당으로 소환되는 것도 오늘은 쉬도록 조치할게요."

잠자면 검의 전당으로 소환되는 남자 하프 엘프.

그걸 오늘 하루, 휴식을 위해 막아 주겠다는 말에 그는 눈을 깜박였다.

"어…… 그런 것도 가능해?"

"전 가능해요."

그렇게 미아가 뒤척이던 김지훈에게 다가가 마법을 사용하자.

그의 눈이 스르르 감겼다.

그렇게 그가 완전히 잠든 걸 확인한 그녀는.

지이이잉…….

시스템 창을 열어, 통신을 연결했다.

"트리아, 혹시 적색의 관리자가 등장했나?"

[예, 벌써 행성 두 곳이 초토화되었습니다. 재차 있을 침공에 대비하기 위해, 군단이 집결 중입니다.]

"그럼 김지훈이 접속한 세계수의 축복 맵이 터진 건, 적색의 관리자가 행한 일인 거군."

[네. 이번 세계수의 축복 맵으로 선정된, 174번 행성이 터져 나갔습니다.]

"그래, 동시에 나타났다는 거지……."

미아가 그렇게 중얼거리며, 김지훈을 바라보자.

화면 너머에서 트리아가 말했다.

[그가 적색의 관리자와 관계 있을 거라고 생각하셨던 겁니까?]

"검증은 할 필요가 있다고 봤어."

[검증은 이번 일로 된 것 같습니다만, 복귀하시는 게 어떻겠습니까?]

"……."

[애초에 그와 적색의 관리자의 연관성이라고 해 봤자. 등장 시기가 엇비슷하다는 점밖에 없습니다만. 그렇게 따지면 3월에 청검이 된 남자 하프 엘프 모두를 전수조사해야 합니다.]

"알아. 근거는 빈약하다는 거."

[그럼…….]

"그래도 3일간은 지켜볼게."

적색의 관리자가 김지훈을 불태워 버렸음에도.

아직까지 여기 있겠다는 총독 미아.

'고집이 세군그래.'

이러면, 적색의 관리자가 더 날뛰는 걸 보여 줘야지.

다행히 현재 김지훈도 미아의 마법 덕에 검의 전당에 안 끌려가고 잘 자고 있는 상황.

지금처럼 세계수 연합, 테러하기 좋은 때도 없었다.

'적은 700을 거의 다 채웠으니, 다음 세계수부터는 영원으로 올려야겠군.'

세계수의 능력 흡수 계획까지 다 짜놓은 성지한은.

김지훈을 내버려 둔 채, 다시 침공을 시작했다.

그리고, 30분 후.

[여, 여섯 행성이 더 공격받았다고 합니다. 전 군단 소

집령이 내려왔습니다만, 그가 워낙 신출귀몰해서 군단이 도착했을 땐 이미 상황이 종료되었다고 합니다.]

"……그러겠지. 하나의 세계수를 부수는 데, 5분도 채 안 걸리니까."

[아, 하나 더 파괴되었다는 소식이 들려왔습니다…… 어, 또?]

세계수 연합 소속 행성은 벌써 8개가 더 초토화된 상태였다.

물론 피해 본 행성들은, 다들 D급 세계수가 설치된 곳으로.

연합 입장에선 그렇게 중요 지역으로 평가하는 장소는 아니었지만.

"속도가 너무 빨라. 이러다가 하위 개척 행성은 모두 피해를 보겠어……."

[네. 대처가 안 되는 것이 치명적입니다.]

그래도 이렇게 일이 진행되다간.

D급 세계수가 뿌리내린 개척 행성은, 적색의 관리자에 의해 모조리 초토화될 위험이 있었다.

한편, 이쪽은 이렇게 테러를 당하는 사이.

드르렁……!

침대에 누운 김지훈은, 코를 골며 태평하게 자고 있었다.

[혹시 저거, 코 고는 소리입니까?]

"……어."

[……그냥 지금 바로 복귀하시는 게 어떻겠습니까, 총독님.]

"아니, 그래도."

[코 골면서 자는 저 하프 엘프와, 적색의 관리자가 무슨 관계가 있는지 저는 잘 모르겠습니다. 지금도 한참 침공을 당하고 있는데…….]

미아는 쓴웃음을 지었다.

확실히 적색의 관리자가 대대적인 테러를 가하고 있는 현 상황에서, 트리아의 말은 맞는 말이었다.

'이번에는 내 촉이 틀린 걸까.'

이불을 발로 걷어찬 채, 코를 골고 있는 김지훈.

자기 눈치나 보는 하프 엘프가, 저 강대한 적색의 관리자랑 연관이 있을 거 같진 않았다.

그리고.

"하아암…… 덕분에 잘 잤어."

김지훈이 일어난 후.

"아직도 머리가 멍하네. TV 좀 봐도 될까?"

"어머, 지훈 님. 저한테 허락 안 받으셔도 돼요."

"아. 그, 그랬지."

삑.

그가 침대에 걸터앉아 멍하니 드라마를 보고 있는 와중에도.

[총독님! 이번에는 적색의 관리자가 중급 개척 행성에 쳐들어왔다고 합니다! 연합의 군단 일부가 시간에 맞게 도착해서 요격했지만, 전멸했다고…….]

"정말?"

[네…….]

세계수는 계속해서 파괴되고 있었다.

'정말 이번엔 내 촉이 틀렸나…….'

게임 할 때나, 코 골며 잘 때.

그리고 TV를 볼 때 등.

김지훈이 전혀 개입할 수 없는 상황에서, 적색의 관리자의 테러가 빈번히 일어나니.

둘의 연관성은 없다고 보는 게 옳았다.

그리고, 개척 행성의 세계수가 7개 더 파괴되었을 때.

"하암…… 잘 봤다."

김지훈의 드라마 시청이 끝났다.

"그러고 보니 식사를 안 했네. 뭐 시킬까?"

세계수 연합은 난리가 났는데, 태평한 얼굴로 밥을 먹자고 하는 남자 하프 엘프.

"……저는 괜찮아요. 식사, 안 해도 되는 몸이라서요."

"그, 그래? 알았어. 혼자 먹을게."

왠지 저기압인 미아의 눈치를 보면서, 김지훈은 배달을 시켰다.

"……진짜 안 먹어도 돼?"

"네, 괜찮아요. 정말요."

그 말에 고개를 끄덕이곤, 쩝쩝거리며 허겁지겁 배달 음식을 먹어치우는 김지훈.

적색의 관리자가 그를 화형시킨 이후에도, 혹시나 몰라 하루 더 밀착해서 지켜보았지만.

아무리 봐도, 김지훈은 그와 전혀 연관이 없었다.

어제부터 그가 이렇게 자고, TV보고, 밥 먹는 사이.

세계수 연합의 개척 행성은 총 16개가 파괴되었으니까.

그리고.

"아, 낮잠 자고 싶은데…… 뭔가 잠이 안 와. 그, 어제 마법 써 주면 안 될까?"

"……슬립요?"

"응, 그거 좋던데. 아, 밤에도 잘 거니까, 낮잠 잘 땐 검의 전당 안 가게 해 줘."

이쑤시개로 이빨을 긁던 김지훈이 그렇게 부탁을 해 오자.

미아는 확신할 수 있었다.

'……얜 확실히 아닌 거 같아.'

이번엔 자신의 촉이 틀린 거라고.

* * *

며칠 후.

"지훈 님."

"응?"

침대에 뒹굴면서 핸드폰 게임을 하던 김지훈은, 미아의 부름에 고개를 들었다.

"저 오늘 돌아가요. 호위는 새로운 엘프가 와서 보게 될 거예요."

"어…… 왜? 미아가 편한데."

엘프들이 비록 비서이자 호위라고 파견되어 오긴 했지만.

하프 엘프 입장에선, 솔직히 상사가 24시간 옆에서 밀착으로 마크하는 거나 비슷했다.

그나마 김지훈 입장에선, 요 며칠간 익숙해진 미아가 편했다.

"총독부에서 방침이 내려와서요. 지훈 님 외에도 모든 남자 하프 엘프에게 호위가 붙을 거예요. 본부에서 파견된 엘프로요."

"아…… 그럼 나 말고도 다른 남자 하프 엘프들 다 하는 거구나."

"네. 그리고 그 아이들은 좀 융통성이 없을 수 있어요. 미리 양해 부탁드릴게요."

"그래…… 어쨌든 아쉽네."

융통성이 없다니.

대체 어떤 엘프기에 그런 거야.

"그럼 제가 복귀하고 몇 시간 정도는 시간이 빌 텐데, 그동안 몸조심하세요."

"뭐, 나야…… 집 아니면 길드인데 위험할 일 있나."

"그건 그래요."

다른 남자 하프 엘프들과는 달리, 집귀신 그 자체였던 김지훈.

특히 유일하게 출근하는 대기 길드도 소드 팰리스 건물 안에 있어서 그런지.

그는 요 며칠간 건물 바깥에 나가지도 않았다.

"그럼, 지훈 님. 다음에도 볼 기회가 있으면 좋겠네요."

"어…… 그래, 수고했어."

미아는 가볍게 고개를 숙이더니, 포탈을 열고 사라졌다.

'이러면 총독의 밀착 마크는 끝난 건가.'

3일은 채웠네 그래도.

'뭐 감시 마법 같은 건 작동해 놓고 간 거 같지만…… 저 정도는 쉽게 왜곡이 가능하지.'

엘프 미아도 총독이라서 건들지 않았던 거뿐이지.

그녀가 건 마법 정도는, 손쉽게 왜곡이 가능했다.

탁.

성지한이 손가락을 한 번 튕기자.

[환염이 감시 마법을 왜곡합니다.]

[스탯 적이 1 소모됩니다.]

감시 마법을 통해 볼 수 있는 광경이, 환염에 의해 다시 그려졌다.

이러면 안에서 뭘 하든.

평소엔 김지훈이 백수 한량 짓 하는 걸 그대로 보여 주겠지.

외출 상태일 땐, 알아서 보정이 될 테고.

'상대의 감시 마법을 왜곡하는 거라 그런지, 소모량이 적네.'

성지한은 그렇게 식민지 총독과의 동거를 끝낸 후.

김지훈의 몸뚱어리를 놔두고 펜트하우스로 올라갔다.

그렇게 도착한 집 거실에는.

윤세아가 소파에 앉아 시스템 창을 터치하고 있었다.

"오, 삼촌! 엘프 갔나 봐?"

"어, 귀찮았다."

"나도 깜짝 놀랐다니까. 놀러 가려고 했는데 엘프가 있어서."

윤세아는 그러면서 곰곰이 생각했다.

"근데 걔, 평범해 보이진 않던데. 겉으론 엘프인 척했지만, 힘을 좀 숨긴 느낌이었어."

"식민지 총독이야."

"초, 총독? 아니 총독이 할 일도 없나. 왜 삼촌한테 붙어 있었어?"

"김지훈이 각성한 거랑 적색의 관리자가 등장한 게 시기가 맞물린다고, 자기 촉이 발동했다나."

"아니, 뭔……."

그런 이유로 총독이 직접 붙었단 말이야?

윤세아가 황당해할 때, 성지한이 이어서 말했다.

"또 감시 올 거야. 이번엔 남자 하프 엘프 전체를 대상으로."

"집착 한번 대단하네…… 이럼 삼촌 집엔 못 놀러 가겠다."

"내가 와야지 뭐."

"그래도 삼촌, 총독이 붙어 있는 중에도 엄청 부쉈더라? 25개?"

"30개쯤 부쉈어."

미아랑 있는 동안, 부숴 버렸던 D급 세계수는 30개.

하루에 거의 10개씩, 꾸준히 박살을 내 버렸었지.

적은 이미 700에 가까워서, 대신 흡수했던 영원 스탯이 어느덧 50이 될 정도로.

성지한은 적색의 관리자로 활동하면서, 세계수 연합을 가장 약한 쪽부터 박살 내고 있었다.

다만.

'이제는 D급 쳐도 얻는 게 영 적단 말이지.'

D급 세계수 하나 흡수할 때마다, 1씩 오르던 영원은.

50이 되자, 이제 더디게 성장하고 있었다.

두세 개를 없애야, 1이 오르는 수준.

그렇다고 적으로 전환하자니, 이건 700이 넘어서는 안 되는 스탯이기에.

이제 D급 세계수는 부순다고 해도 스탯으론 크게 이득이 없었다.

'물론 세계수 연합에 피해를 입히기 위해선 계속 침공을 해야겠지만…… 이걸 어떻게 잘 활용할 방법이 없을까.'

성지한이 그렇게 잠시 생각에 잠겨 있을 무렵.

삐삐빅.

윤세아의 시스템 창에서 알람 소리가 들렸다.

"어…… 삼촌. 총독부에서 총독이 나보고 얼굴 한번 보자고 연락 왔어."

"너를 갑자기 왜?"

"그러게? 아…… 이거 때문인가?"

스으윽.

윤세아는 자신이 보던 시스템 화면을 성지한에게 돌려 보여 주었다.

그러자 그 안에는.

세계수 연합 군단을 모조리 불태우고 있는 적색의 관리자의 모습이 나타났다.

불에 가려져 실루엣이 완전히 나타나진 않았지만.

안에 있는 존재는, 딱 봐도 인간 크기.

―최근 모습을 드러낸 적색의 관리자와 관련되어, 그가 숙주로 삼고 있는 육체가 '청색의 관리자'의 것이 아니냐는 주장이 나왔습니다.

―이와 관련되어, 아레나의 주인께 고견을 듣고 싶으니 꼭 한번 총독부로 방문해 주셨으면 합니다.

―만약 총독부에 오기가 꺼려지신다면, 다른 장소에서 뵈어도 괜찮으니 시간을 내주시면 좋겠습니다.

그와 함께 그 아래엔, 이를 청색의 관리자와 연관 짓는 메시지가 나타났다.

"총독부 메시지 치곤 상당히 예의 바르네."

"삼촌, 나 공허 고위 서열이잖아. 저쪽은 식민지 총독에 불과하고."

"하긴."

애초에 공허가 세계수 연합보다 강대한 세력이고.

둘의 위치도 크게 차이가 나니까.

총독부에서 저자세로 나오는 것도 어찌 보면 당연하네.

"음…… 삼촌 실루엣이 나왔는데 얼굴, 보긴 봐야겠지? 내가 흥미를 전혀 안 보이는 것도 이상하잖아."

"그건 그렇지. 한번 어떤 이야기 하는지 들어 봐. 대신 총독부 안으로 가진 말고."

“그래야지. 공허 소속인 것만 믿고 적의 소굴로 들어갈 필요는 없으니까…… 그냥 아래 레스토랑에서 룸 하나 빌려야겠다.”

“그렇게 해.”

그렇게 윤세아가 총독과 약속을 잡는 사이.

성지한은 생각했다.

‘다음 엘프가 올 때까지 시간이 좀 비었으니, 그동안 저쪽 연구실이나 소각시켜야겠군.’

김지훈이 소환되었던 연구소.

그곳 좌표를 기존에 가지고 있던 자료와 대조해 보니, B급 세계수가 있는 행성과 일치했다.

총독이 옆에서 감시할 때에는, 짧게 치고 빠져야 해서 거길 쳐들어가지 못했지만.

이젠 사정이 다르지.

“야, 나 일하러 간다.”

“응. 총독이랑 내일 저녁에 레스토랑 전체 빌려서 보기로 했으니까, 여유 되면 보러 와 삼촌. 그 상태로 기척 숨기면 안 들키잖아?”

“그래, 알았어.”

뭔 소리 하나 내일 직접 들어 봐야겠군.

성지한은 고개를 끄덕이곤.

‘연구소는, 한번 둘러보고 태워야겠네.’

그 자리에서 포탈을 열어 이동했다.

* * *

연구소 안.

“부장님! 한 놈만 배양하면 안 될까요?”

“안 돼. 며칠 안 남았는데 기다려 좀.”

“아, 지금 영감이 번뜩이고 있는데! 오늘 정말 작품이 나올 거 같단 말이에요!”

“어차피 네가 하는 실험 그냥 신체 떼다 조립하는 거잖아.”

“아니에요. 진짜 기가 막힌 아이디어가 있는데……!”

연구소 부장과 하프 엘프 담당 연구원이 배양되는 김지훈을 보고 한참 실랑이를 벌이고 있을 때.

위잉. 위잉……!

연구소 건물 안에서 일제히 경보음이 울렸다.

“무, 무슨 일이야 대체?”

“부장님! 저, 적색의 관리자가 침공했다고 합니다……!”

“뭐??”

연구소 부장은 자리에서 벌떡 일어났다.

아니.

적색의 관리자, 분명히 요즘엔 하위 개척 행성만 침공한다고 들었는데.

갑자기 여길 쳐들어온다고?

"이, 이곳은 어떻게 알고……."

"부장님, 예전에 날파리들 오지 말라고 배틀넷 게시판에 좌표 입력하셨잖아요……."

"아, 아니 그걸 나만 그랬어? 다들 그랬잖아……!"

세계수 연합의 영역이니까, 감히 침범할 생각 하지 말라는 좌표 모음집.

옛날에 성좌 한 명이 쳐들어왔다가 격퇴되었을 때, 부장은 이런 귀찮은 일이 다시 없도록 거기에 손수 좌표를 추가했었다.

근데 그때 일이 그렇게 부메랑이 되어 돌아올 줄이야.

성지한이 여기 김지훈의 몸으로 와 봤으리라곤, 생각도 못 한 이들은.

다 부장이 좌표 등록해서 이 사단이 난 거라고 생각했다.

"이, 일단! 실험 자료. 빨리 데이터 백업 보내."

"네. 백업을…… 어, 연결이 끊겼습니다……!"

"뭐, 벌써?"

그 말이 끝나기가 무섭게.

화르르륵……!

순식간에 강렬한 불길이 피어오르는 연구실 내부.

'이, 이게…… 적색의 힘…….'

부장의 몸에도, 어느덧 불이 번지더니.

전신이 순식간에 가루가 되어 버렸다.

저벅. 저벅.

그리고 그렇게 불타오르는 실험실 안쪽으로.

성지한이 걸어왔다.

'드디어 건질 게 생겼군.'

그가 보고 있는 건, 실험실에 어지러이 떠올라 있는 화면.

혹시 볼 게 있나 해서 연구원들을 태워도 모니터는 내버려 뒀는데.

거기엔, 데이터 백업을 위해 띄워 둔 다른 연구소의 좌표가 주르륵 떠 있었다.

'이거, 게시판에 등록되지 않았던 위치도 여럿 있네.'

역시 배틀넷 게시판에 올라와 있던 좌표가 다가 아니었군.

성지한은 새롭게 얻은 데이터를 갈무리하곤, 모니터의 자료를 살펴보았다.

쟤들의 실험 데이터라 그런지, 뭔 소리 하는지는 정확히 모르겠지만.

'뭐, 결국 배틀넷의 종족들 죄다 믹스해서 키메라 만드는 거겠지.'

그에겐 딱히 참고가 되는 자료가 아니었다.

좌표만 건지면 됐지.

탁!

그가 손가락을 한 번 튕기자, 모조리 불타오르는 모니터.

'다 태워 버리기 전에, 하프 엘프 실험실까지만 들려야겠군.'

성지한에 대해 비정상적인 집착이 느껴지던 하프 엘프 실험실.

거긴, 무슨 일이 있어도 이번에 없앨 생각이었지만.

불태우기 전에 대체 뭔 목적으로 그런 걸 만들었는지 살펴볼 생각이었다.

그렇게 주변을 불태우며, 도착한 하프 엘프 실험실.

'딱히 별건 없는데.'

화르르륵……!

입구부터 쭉 진열된 머리를 모조리 불태우며, 성지한은 계속 나아갔다.

진열된 신체들에선, 딱히 특별한 점은 느껴지지 않았다.

그냥 미친 엘프의 집착에 불과한 실험실이었나 여기.

'뭐. 중앙까지만 가 보자.'

중앙부의 시험관엔.

분명 머리 셋, 팔다리 6개가 달린 성지한 키메라가 있었지.

그거도 별로 힘 못 쓰면.

그냥 미친 엘프가 미친 짓 했다고 보면 될 터다.

그렇게 그가 중앙부에 도착하자.

"지, 지한아. 빠, 빨리 일어나! 나 지켜 줘야지!"

시험관을 제 손으로 부숴 버린 엘프 연구원이.

땅바닥에 축 처진 성지한 키메라를 보고 호소하고 있었다.

지가 부숴 놓곤 뭔 짓거리야 저건.

'쟤한테 지한아 소리 들으니까 소름이 돋네.'

빨리 없애야지 안 되겠어.

성지한이 손가락으로 연구원을 가리키자.

화르르륵……!

엘프의 몸이 불길에 잠기더니, 바로 가루가 되어 버렸다.

성지한의 조절로 인해, 그녀가 끌어안던 키메라에게는 번지지 않았던 불길.

그는 자신을 닮은 키메라에게 다가갔다.

'아오, 진짜 징그러운 거 만들어 놨네.'

엘프 연구소는 이제 무조건 다 태워 버린다.

성지한은 그리 생각하면서 키메라를 살폈다.

딱히 별다른 힘이 느껴지지 않는 키메라.

청색의 관리자를 재현하겠다는 연구원의 포부랑은 달리, 이 키메라는 시험관 안이 아니면 제대로 살지도 못했다.

얘는 가만히 놔둬도, 숨을 거두겠지.

그래도.

'흔적도 남기기 싫네. 태워 버리자.'

성지한은 손가락으로 자신의 키메라를 가리켰다.

그러자, 발끝부터 타오르는 키메라.

빠르게 전소하려던 이 괴생명체는.

불이 얼굴에 닿자, 바로 타오르지 않고 꽤 버티기 시작했다.

'호오.'

뭐야.

얘 쓸모없는 줄 알았더니, 적색의 불을 이렇게 버틸 수가 있었나?

성지한이 이를 흥미롭게 바라볼 때.

그를 닮은 세 머리가, 떠듬떠듬 입을 열었다.

"나는……."

"와……."

"왕이다."

* * *

"……뭐?"

아니, 갑자기 무슨 왕 소리야.

성지한은 황당하단 눈으로 자기를 닮은 세 머리를 바라보았다.

'아까 엘프를 너무 빨리 죽였나.'

자꾸 지한아 지한아 하길래 단번에 태워 버렸는데.

어떻게 저걸 만들었는지는 좀 들을 걸 그랬군.

적색의 불에도 견디는 머리는.

또다시 말을 하기 시작했다.

"난 인류의 왕……."

"씨를…… 뿌려야……."

"살려라…… 날 살려라……."

인류의 왕에, 씨를 뿌린다고?

성지한은 미간을 찌푸렸다.

'이거, 길가메시의 단골 멘트잖아.'

하지만 그놈이 살아났을 리가 없는데?

그는 길가메시의 최후를 떠올려 보았다.

무신과 마지막 결전을 펼치기 직전.

-길가메시. 내 이름이 뭐라고?

-네 이름? 성지훈…… 이 아니라, 한? 서, 성지한? 잠, 잠깐!

길가메시를 실컷 이용하고 살려 주겠단 계약을 했던 성지한은, 관리자 권한으로 이름을 잠시 변경했다.

그러곤 봉황기로 그의 가슴을 꿰뚫어서, 확실하게 태워 버렸다.

길가메시의 끈질긴 재생력을 알고 있는 그였기에.

후환을 남기지 않기 위해, 확실하게 뼛가루도 남기질 않았는데…….

그때.

스스스스…….

성지한의 등 뒤에 둥둥 떠 있던 청홍에서, 붉은 눈이 떠올랐다.

[이자는…… 길가메시의 파편인가.]

"넌 잴 어떻게 아냐?"

[그는 적색의 대기. 원래는 내가 명계를 만들기 위해 쓸 예정이었지.]

"적색의 대기라……."

[호오. 너도 아는 눈치로군.]

"그래서 이놈을 흔적도 없이 태워 버렸거든."

애초에 길가메시를 확실히 죽이기로 마음을 먹은 주 요인이.

그가 지닌 기프트, '적색의 대기' 때문이었다.

이름만 들어도 적색의 관리자에게 큰 도움이 될 거 같아서.

아예 후환이 되기 전에 싹을 잘라 버렸지.

[그래서 내가 살렸을 때 적색의 대기 기프트가 없었군.]

"……범인이 너였냐?"

[그런 것 같다. 기프트가 없는 그는 관심 외라 그냥 터뜨려 버리고 말았으니까.]

길가메시의 재생을 염려한 성지한과는 달리.

적색의 관리자는 그냥 그를 터뜨려 죽이는 선에서 그쳤다.

그럼 육체의 파편이 남아 있을 테니.

길가메시가 이를 통해 재생했겠군.

'근데 왜 여기서 내 머리가 되어 있는 거냐. 이놈은.'

성지한은 불에 저항한 상태로, 웅얼거리는 세 머리를 바라보았다.

"살려…… 라……."

"씨…… 뿌려……."

"난…… 왕……."

마치 앵무새처럼 생존 욕구와 번식욕, 그리고 왕임을 말하는 상대.

어째 영, 제정신으로 보이진 않았다.

[세계수 연합이 인류를 장악하는 과정에서 붙잡힌 모양이군. 그러고는 생체 실험을 당하는 중인가.]

"그런가 보네."

청색의 관리자한테 죽더니, 적색이 부활시켰다가 또 죽이고.

어째 저째 살아남으니, 그다음엔 녹색이 와서 붙잡아간 건가.

세 관리자한테 어째 돌아가면서 당하네.

'그놈 참, 재수도 없군그래.'

성지한은 그리 생각하며 세 머리를 내려다보았다.

현 상황에 대해선 전혀 파악하지 못하고, 계속 길가메시가 지녔던 욕망만 중얼거리고 있는 상대.

인지 능력이 현저히 낮아진 걸로 보아하니, 저게 길가메시의 완전체 같진 않았다.

아마 파편 정도만 가지고 실험을 진행 중이었던 건가.

'근데 왜 저놈을 나한테 끼워 넣냐 이거지.'

지금까진 성지한 키메라를 보며, 그냥 미친 엘프 하나가 또 괴상한 실험 하나 싶었는데.

길가메시의 파편이 나온 순간, 이야기는 달라졌다.

이 실험에, 뭔가 의도가 있지 않을까.

[저 머리에 대해 정밀 검사를 추천하지. 스탯 적, 어차피 이 행성의 세계수로 충전하면 되지 않나.]

"그래."

어차피 현재로선 남아도는 능력치인 적.

여기서 정밀 검사로 좀 낭비한다고 해도, 아까울 건 없었다.

[스탯 적이 10 소모됩니다.]

지이이잉…….

성지한의 검에서, 붉은빛의 레이저가 빠져나오더니 세 머리를 스캔했다.

그러자, 거기서 신체의 조직 구성부터 시작하여.

수많은 데이터가 도출되었다.
그리고 이 중.

[성좌 '길가메시'의 파편]
['기프트 - 청색의 대기' 생성 프로젝트의 주 물질]

확연히 그의 눈에 띄는 것이 있었다.

* * *

'청색의 대기라니…….'
성지한이 알고 있는 대기 기프트는 두 가지.
윤세아가 지닌 공허의 대기와, 길가메시의 적색의 대기였다.
근데 세계수 연합이 진행하는 프로젝트에서는.
청색의 대기를 새롭게 만들려고 연구 중이었던 건가.
[한 번 대기 기프트를 지녔던 길가메시에게, 청색의 대기를 생성하려 한 건가. 확실히 완전한 무에서 유를 창조하는 것보다는 쉽겠군.]
적색의 관리자는 이 시도를 보고, 흥미롭다는 듯 말을 이었다.
[이그드라실…… 그녀는 무슨 수를 써서든 네 능력을 갈취하고 싶은 것 같다. 길가메시의 파편은 이 연구실뿐

만 아니라, 다른 곳에서도 청색의 대기를 만드는 데 쓰이고 있겠지.]

"다른 곳에서도 이런 키메라가 양산되는 건가."

[그건 알 수 없다. 널 어설프게 닮은 저 키메라는, 이 연구실 주인의 취향일지도 모르니까.]

"흠……."

길가메시야 어떻게 되든 사실 알 바 아닌데.

그놈을 매개체로 청색의 대기가 만들어지는 게 문제네.

'이거. 자세히 알아보기 위해선, 연구실이 있는 곳을 더 털어야겠는데.'

성지한은 그리 생각하며, 손을 세 머리로 가져갔다.

저기서 데이터는 뽑아먹을 만큼 뽑아먹었으니.

이제 불에 저항하는 머리를, 직접 태워 버릴 생각이었다.

툭.

그가 그렇게 머리에 손을 대자.

위이이잉…….

거기서 푸른빛이 미세하게 번뜩이더니.

[기프트 – 청색의 대기(미완성)를 감지합니다…….]

[미완성 상태의 기프트를 획득할 수 있습니다. 기프트를 획득하시겠습니까?]

그에게 청색의 대기를 얻겠냐는 메시지가 떠올랐다.

'어디, 어느 정도 수준까지 만들었나 볼까.'

미완성이라고 해도, 이렇게 기프트 추가까지 될 정도니 어느 정도 구색은 갖추고 있을 터.

성지한은 청색의 대기 기프트를 획득했다.

그러자.

[플레이어가 스탯 '청'과 완전히 일체화되어 있습니다.]

['기프트 - 청색의 대기'가 업그레이드됩니다.]

성지한이 청색의 관리자라서 그런지.

기프트가 금방 업그레이드되며, 미완성 딱지가 사라졌다.

그는 기프트 설명을 열어 보았다.

기프트 - 청색의 대기 (등급 C)

-스탯 '청'을 담을 수 있는 기프트.

-기존의 한계치에서 추가로 상한선이 늘어나, 능력을 더 활용할 수 있게 됩니다.

-다만, 그릇의 기반 물질이 부족하여 스탯 '청'을 담아내는 역할이 제한됩니다.

스탯 청의 상한선을 올려 주는 청색의 대기.

이건 현재 능력치가 999에서 멈춰있는 성지한에게는, 꼭 필요한 기프트였다.

근데, 막상 청은 담을 수 있는데.

그릇을 만들 '물질'이 부족해서, 기프트가 제대로 활용되질 못했다.

'이래서 등급이 C밖에 안 되나.'

이건 뭐 물은 넣을 수 있는데, 물통이 없는 셈이니까.

"아깝네……."

성지한이 아쉬움을 삼킬 즈음, 적색의 관리자가 말했다.

[물질이 부족하면 구하면 되지 않는가?]

"그걸 어디서 구해?"

[길가메시의 파편을 해체해 보아라.]

"아, 맞네."

콰악!

성지한이 주먹을 움켜쥐자, 머리가 사라지며.

슈우우우우…….

그의 손으로 무언가가 빨려 들어갔다.

그와 함께.

[기프트 - 청색의 대기가 B등급으로 업그레이드됩니다.]

[스탯 청의 상한선이 30 오릅니다.]

청색의 대기가 B급으로 오르며, 청의 상한선이 같이 상승했다.

'30?'

성지한은 얼른 상태창을 확인했다.

그러자, 거기엔.

기존의 999에 머물러 있던 스탯 청이, 1029로 올라 있었다.

'오…… 쓸 만한데 이거?'

스탯 청의 등급이 SS라, 능력치가 999에서 멈춘 바람에.

지금까지 성장이 멈춘 거나 다름없던 성지한.

이런 상황에서 청색의 대기는, 현재 그에게 가장 필요한 기프트였다.

'길가메시 놈이 도움 될 때도 있네.'

지금은 그의 파편 일부만 흡수해서 +30이지만.

다른 연구실도 돌면서 길가메시의 파편을 찾다 보면, 한계치를 더 늘릴 수 있겠지.

이러면 자동적으로, 그가 다룰 수 있는 스탯 적도 늘어나게 된다.

'앞으론 연구실 위주로 침공을 해야겠네.'

이젠 D급 세계수 털어 봤자 뭐 얻는 것도 없으니.

그것보단, 길가메시의 파편으로 대기를 완성하는 게 더 효율적이겠어.

성지한은 그리 판단하곤, 완전히 소각된 연구실에서 빠져나왔다.

이제 그가 노리는 건, 이 행성의 세계수.

“저, 적색의 관리자, 왔구나……!”

“전투 준비를!”

“곧 구원군이 더 도착할 것이다……!”

성지한이 다가가자.

많은 수의 엘프 군단이 방어 태세를 갖춘 채, 그를 기다리고 있었다.

‘연구실에서 예상보다 더 시간을 써서 그런가. 원군이 벌써 꽤 와 있네.’

요즘은 5분 내로 세계수 파괴하고 떠 버려서, 엘프 군단이 오기도 전에 상황이 끝나 있었는데.

이번 연구실이 있는 행성에선, ‘청색의 대기’ 때문에 시간을 많이 소모해서 저쪽도 준비가 끝나 있었다.

그래도.

‘이그드라실이 직접 나서지 않는 한, 이 정도로는 안 되지.’

휙!

성지한이 손을 한 번 흔들자.

거대한 불의 파도가 피어오르며 엘프 군단을 덮쳤다.

“온다.”

“배리어를……!”

"세계수와 공명하라. 모든 힘을 끌어내야 적색의 관리자에게서 버틸 수 있다……!"

지이이이잉……!

군단을 보호하기 위해, 일제히 떠오르는 녹색의 배리어.

하나, 불의 파도는 이를 통째로 집어삼키며.

전방의 엘프 대부분을 일제히 태워 버렸다.

아무리 고엘프가 이끄는 최정예 부대라 한들.

적색의 관리자의 힘을 펑펑 쓰고 있는 성지한에겐, 그다지 위협적이질 못했다.

'흠…… 이제 곧 새 엘프 올 테니까, 쓰레기장은 다음에 가야겠네.'

총독 미아가 아까 복귀하면서, 수 시간 내에 새 엘프가 온다고 했지.

그러니 여기서의 일, 빨리 마무리하고 집으로 돌아가야 했다.

새 엘프가 파견되면, 그땐 드라마 시청 모드로 놔둘 수 없으니까.

'오늘은 이 행성의 세계수만 없애고, 김지훈의 몸으로 돌아가야지.'

성지한은 그렇게 오늘 일정을 마무리하기로 하곤, 계속 전진했다.

그가 다가올 때마다, 급속도로 허물어지는 방어진.

"여, 역시 관리자……."

"이건…… 이그드라실께서 강림하셔야만, 막을 수 있어."

"다른 원군이…… 와 봤자 의미가 있습니까?"

엘프 군단의 수뇌부는 여유롭게 걸어오는 적색의 관리자를 보고 절망했다.

아무리 힘을 써도 상대는 막을 수 없는 재앙 그 자체.

손짓 한 번에 생겨난 불의 파도는.

엘프들이 아무리 배리어를 치고, 몸을 던져 막아 보려 해도.

아무런 타격 없이, 군단을 덮치고 있었다.

이 속도라면, 얼마 지나지 않아 세계수가 있는 곳까지 닿겠지.

"이건…… 도저히 막을 수가 없군. 다음 원로원 회의 때, 전략 수정을 건의해야겠네."

"저도 그 의견엔 동의합니다만…… 저희에게 다음이 있겠습니까?"

"아, 그렇군. 어차피 후퇴도 못 하는데 말이지……."

화염의 파도 앞에서.

원로인 고엘프들도 이미 패색이 짙은 상태로 죽음을 기다렸다.

그래서일까.

위이이잉……!

하늘 위에 초록색 포탈이 떠올랐을 때.

'아니…… 지금 구원군은 의미가 없는데.'

'또 죽으러 오는군…….'

'어디서 파견되었는지는 몰라도 불쌍하게 되었어.'

엘프 군단은, 구원군에 대해서 반가움보다는 안타까움을 느끼고 있었다.

어차피 와도 저 불의 파도 앞에선 개죽음이니까.

하지만.

이번에 도착한 엘프 부대는, 기존의 이들과는 사뭇 달랐다.

"아……."

"저 검은……."

100명으로 이루어진 이들은.

모두 청검을 들고 있었으니까.

그리고.

스르르릉……!

이들이 일제히 전방에 서서, 검 끝을 불의 파도로 향하자.

슈우우우…….

처음으로 불길이 약해지기 시작했다.

"오오……."

"처, 청검. 효과가 있는가!"

약해지는 불의 파도에, 엘프 원로들의 얼굴이 화색이 돌았을 때.

'오늘은 뭐 시켜 먹지…… 응?'

집에 돌아가서 이번엔 뭐 배달 시킬까 고민하던 성지한은.

불의 파도가 약해진 걸 보고 두 눈에 이채를 띠었다.

2장

2장

'청검을 들고 오다니…… 적색의 관리자에게 효과가 있는지 테스트하려는 건가.'

성지한은 일백의 엘프가 들고 있는 청검을 바라보았다.

적합도가 10퍼센트도 채 안 되어 보이는, 저등급의 청검.

어차피 성능도 좋지 않은 거, 없어져도 된다는 생각으로 들고 왔나 보네.

'저걸 여기서 부수면…… 저 검에 해당하는 남자 하프엘프는, 다신 청검을 뽑아내지 못할 거다.'

김지훈으로 직접 청검이 되어 봤던 성지한은.

검의 전당으로 갔던 검이 소멸하면, 본체에 어떤 영향

이 미칠지 추측할 수 있었다.

남자 하프 엘프의 신체에서, 엑기스만 뽑아낸 청검.

그게 여기서 소멸하면, 본체의 청이 소멸하는 건 물론.

하프 엘프의 신체에도 상당한 타격이 갈 터였다.

죽지는 않겠지만 병상에 좀 누워 있어야겠지.

'흠…… 100개의 검 자체는, 쉽게 제압할 수 있지만.'

그러면 인류의 청을 흡수하는 작업이 늦어지겠지.

저 100개도 비록 성능은 안 좋다지만.

검의 전당에서 청을 흡수하는 역할을 하고 있으니까.

'일단은 일부러 피하는 척을 해야겠네.'

청검의 완성을 방해해서야 안 되지.

그렇게 성지한은 적색의 관리자 행세를 할 때는, 일단 검을 피하기로 했다.

'그럼.'

스으윽.

그가 손을 한 번 움직이자, 또다시 생겨나는 불의 파도.

"아까처럼 막아라!"

"조, 좋아. 검이 효과가 있어!"

청검을 든 부대가 불길을 막으며 환호하는 사이.

툭.

성지한은 가볍게 한 발자국을 떼었다.

그러자.

"……어? 어디 갔지?"

"뒤, 뒤에!"

"적색의 관리자가 세계수에 접근했다……!"

어느덧 세계수 옆에 서게 된 적색의 관리자.

그는 등 뒤에 둥둥 떠 있는 검을 잡아, 세계수에 그대로 찔러 넣었다.

그러자 세계수가 검 안으로 빨려 들어가며.

[영원이 1 오릅니다.]

영원 스탯이 올랐다.

'D급 세계수가 아니라 그런지 그래도 1은 오르네.'

연구실이 있어서 그런지, 나름 등급이 높던 세계수.

그는 그렇게 청검을 일부러 피하며, 소멸을 끝냈다.

스스스…….

그리고 그가 곧바로, 포탈을 열어 사라지려 하자.

"이놈……! 멈춰라!"

청검을 든 고엘프 하나가 분노한 얼굴로, 그에게 돌진했다.

'검 들어서 그런가? 혼자서 덤비네.'

원래는 아무리 고엘프라 한들, 손가락 한 번 튕기면 소각될 터였지만.

'청검 때문에 봐줬다.'

청 채취 도구를 부숴선 안 되니, 성지한은 그냥 무시하고 포탈에 들어서려 했다.

그때.

번쩍……!

고엘프의 청검에서 강렬한 빛이 나타나더니.

성지한에게로 강렬한 검기가 쇄도했다.

엘프 원로가 전력을 다해 사용한, 회심의 일격.

푸른빛의 검기는 적색의 관리자의 불길에 닿는 순간, 순식간에 약해지다 사라졌지만.

스스스스…….

적색의 관리자의 전신을 뒤덮고 있던 강렬한 불꽃도, 잠시나마 옅어졌다.

그러자.

"엇……!"

그동안은 불 때문에 볼 수 없었던, 적색의 관리자의 얼굴이 살짝 드러났다.

"봐, 봤어?"

"봤다. 턱과 입 일부만 보이긴 했지만……."

"저거, 청색의 관리자…… 아닙니까?"

"적색의 관리자에게 몸을 빼앗긴 건가."

청검에 의해 드러난 얼굴은, 비록 얼마 되지 않았지만.

눈썰미가 좋은 엘프 군단은 그것만 보고도 상대를 추측하고 있었다.

애초에 적색의 관리자의 형상은 적안이 수백 개 달린 거인 형상.

한데 인간 크기로 다니는 그를 보고, 청색의 관리자 몸을 빼앗은 거 아니냐는 추측이 있었는데.

이번에 청검의 검기에 의해 드러난 얼굴은 이러한 추측에 무게를 실어 주었다.

“비록 세계수는 또 빼앗겼지만…… 오늘 적색의 관리자에 대해 얻은 정보가 적지 않군.”

“청검이 효과가 있다는 점도, 눈에 띄었습니다. 거기에 적색의 관리자도, 검과 굳이 부딪치려고 들지 않았구요.”

“그래. 이번 일은 즉시 상부에 보고하라.”

“알겠습니다.”

“오늘 일…… 적색의 관리자를 상대하는 데 있어, 전환점이 될지도 모르겠어.”

지켜야 할 세계수가 사라졌음에도.

엘프 군단의 표정은 그리 어둡지 않았다.

그동안 속수무책으로 당하기만 했던, 적색의 관리자에 대해.

대응할 단서를 오늘 손에 얻은 것 같았기 때문이다.

“그럼, 정비가 끝나는 대로 귀환하라.”

그렇게 엘프 군단은.

적색의 관리자와 조우했음에도 상당히 많은 생존자를 남기며 돌아갔다.

* * *

한편.

'이 정도의 검기로 적색의 불이 사라질 줄이야…… 청이 적에게 확실히 강하군.'

집에 돌아온 성지한은 조금 전 상황을 떠올렸다.

청검의 검기가 너무 약해서 당연히 오다 사라지겠거니 했는데.

비록 일부분이지만 불길을 잠재울 줄이야.

'정체 숨길 생각이야 크게 없었으니까. 뭐 일부 드러난 건 상관없지만…….'

애초에 성지한의 육체 들키는 걸 걱정했으면.

이렇게 몸에 불만 지피지 않고, 거인 몸뚱어리로 변해서 다녔겠지.

'어쨌든 이럼 이제 연합에선 날 성지한의 육체를 차지한, 적색의 관리자라고 확신하겠군.'

그럼 이에 발맞추어 저쪽에서 대책을 짜려나.

성지한은 피식 웃음을 지었다.

뭘 하든 결국 본체가 성지한이니 헛발질이겠지만.

어쩔 때는 걔들 들고 오는 거 보고, 맞아 주는 척해야 할지도 모르겠어.

성지한은 그렇게 생각하며 김지훈의 몸에 들어갔다.

"으……."

본체에 비하면, 영 부족한 점이 많은 김지훈의 몸뚱어리.

거기에 이 몸은 침대에 걸터앉아 TV만 보게 해서 그런지, 전신이 찌뿌둥했다.

그가 가볍게 침대에서 일어나, 몸을 풀고 있을 때.

지이이잉…….

허공에, 녹색의 포탈이 열리더니, 엘프 하나가 나타났다.

"안녕하십니까, 김지훈 님."

총독 미아가 자기 후임이 올 거라더니, 지금 온 건가.

생김새야 미아와 차이점 없이, 다 똑같이 생긴 엘프 형태였지만.

'하이 엘프는 아니네. 힘이 약해.'

미아와는 확실히 느껴지는 힘의 차이가 확연했다.

거기에, 뭔가 표정 변화가 생기있던 총독과는 달리.

이번 상대는 로봇 같은 느낌이었다.

"저, 미아의 후임…… 이십니까?"

"예. 이번에 파견된 호위입니다."

"그, 성함은……."

"이름은 없습니다. 그냥 호위로 불러 주십시오."

"아, 네……."

"그럼 이제부터, 임무를 시작하겠습니다."

그러더니 김지훈의 뒤로 와서 가만히 서 있는 엘프.

전임과는 달리, 그녀는 입 한 번 열지 않은 채.

그냥 뒤에 계속 서서 그만 바라보고 있었다.

'뭐 저번이나 지금이나 대놓고 감시하는 건 똑같구만.'

미아는 말 편히 하라는 등, 붙임성이라도 좋았지.

이번 엘프는 아무 말도 하지 않은 채로 계속 감시의 눈길만 보내고 있었다.

그래도.

'총독이 아니라 일반 엘프니, 부담 없이 적색 권능을 써도 되겠어.'

미아 때와는 달리, 얘는 정보 조작을 가해도 뒤탈이 없어 보였다.

지금은 잠시 장단 좀 맞춰 주다가, 조작을 가해야겠군.

"밥 좀 시키겠습니다. 식사는 어떻게……."

"괜찮습니다. 전 없다고 생각하십시오."

"아, 알겠습니다."

성지한은 배달을 시키곤, 스마트폰을 열어 보았다.

그러자.

[엘프, 하프 엘프를 호위하다]

[적합도 1위에게 붙은 엘프는 총 10명]

[호위 제도의 시작점은 김지훈? 대기 길드에서 목격된 엘프 비서]

총독이 김지훈 혼자만 감시하러 왔을 때와는 달리.

이미 엘프가 남자 하프 엘프를 호위한다는 뉴스가 널리 퍼져 있는 상태였다.

'1위가 주목받게 하길 잘했네. 10명이나 붙었구나.'

—와 무슨 하프를 순혈이 호위하냐 ㅋㅋㅋ 세상 말세네.

—근데 김지훈이 진짜 제일 먼저 호위받았음?

—ㅇㅇ 대기 길드에서 목격된 게 최초임.

—이제 남자 하프 엘프 뒤에서 몰래 사진 찍으려 하지 마세요. 카메라 부서집니다.

—ㄹㅇ 엘프 호위가 그냥 가차 없이 부수더라 안 뺏기겠다고 폰 숨기다가 팔까지 부러지는 거 봄;

—근데 호위받는 하프들도 눈치 보던데 ㅋㅋㅋㅋ

—눈치 볼만하지 순혈 엘픈데…….

엘프 호위가 파견 온 지 얼마나 되었다고.

벌써 사람들 반응이 주르륵 올라오고 있었다.

다른 쪽 엘프들도 다 저렇게 로봇 같은 느낌인가 보군.

'근데 얘, 예전에 미아가 하던 거 다 할 수 있나.'

감시가 귀찮긴 했어도, 포탈을 열어 주거나 검의 전당 소환 열외 시켜 줬던 총독 미아.

지금 엘프도, 그런 게 다 가능한가.

성지한은 상대에게 조심스럽게 물어보았다.

"그…… 저 질문이 있습니다만."

"말씀하십시오."

"저번 호위 엘프님은 슬립 마법 써 줬는데…… 가능하신가요? 그러면서 검의 전당 소환도 빼주셨는데.""슬립 마법은 가능합니다만, 후자는 불가능합니다."

"아…… 그럼 포탈로 이동하는 건……."

"불가능합니다."

"아, 알겠습니다……."

안 되는 게 많네.

확실히 총독이 양산형 엘프보다 성능이 좋긴 하구나.

이젠 잠자면 꼼짝없이 검의 전당으로 끌려가겠군.

'그러고 보니. 총독이 오늘 세아랑 만난다고 했나.'

분명, 소드 팰리스의 레스토랑 다 빌려서 본다고 했지.

한 번 무슨 이야기 하는지, 들어 봐야겠네.

성지한은 엘프 호위를 바라보았다.

미아와는 달리, 절대로 먼저 말을 걸지 않는 엘프.

얘랑 있을 땐, TV 보게 하면서 잠깐 자리 비워도 문제없겠어.

"저, TV 좀 보겠습니다……."

"하나하나 허락 안 받으셔도 됩니다."

"아. 네."

그렇게 김지훈은 TV를 보게 한 후.

성지한은 거기서 빠져나와, 아래층에 위치한 레스토랑으로 갔다.

'통째로 빌렸다더니. 저 룸 말곤 사람이 없네.'

스으윽.

레스토랑 내부에서, 윤세아를 찾아 이동한 곳에선.

"……방금, 긴급 보고가 들어왔습니다."

심각한 표정의 윤세아와, 총독 미아가.

하나의 화면을 보고 있었다.

거기엔.

불길 안에서 살짝 모습을 드러낸 입술과 턱선이.

클로즈업된 채 나타난 상태였다.

'아까 청검으로 밝혀낸 걸, 벌써 보고한 건가.'

방금 전 일인데.

공유 속도 한 번 빠르네.

성지한은 그리 생각하며 총독이 뭔 말을 하나 들어 보았다.

"이 모습…… 청색의 관리자와 닮지 않았습니까?"

"그러네요. 확실히, 삼촌이랑 비슷해요."

윤세아는 그러면서 떨리는 눈으로 계속 화면을 매만졌다.

"설마…… 적색의 관리자가, 삼촌의 몸을 장악하고 있는 건가요?"

눈물을 글썽이며, 입술을 깨무는 윤세아.

저게 누군지, 사정 빤히 아는 사람이라고는.

전혀 생각지 못할, 혼신을 다한 연기였다.

"아직 확실한 건 아무것도 없습니다만…… 저희는 그 가능성을 높게 보고 있습니다."

"……이걸 저한테 보여 주는 이유는 뭐죠?"

"아레나의 주인이시여. 저희와 협력하지 않겠습니까?"

그러면서, 총독 미아는 화면을 손가락으로 가리켰다.

"청색의 관리자가 완전히 장악당한 건지. 아니면 그를 아직 구할 수 있는지…… 저희와 함께 알아보는 겁니다."

* * *

"하, 누가 누굴 구한다구요?"

윤세아는 총독의 말을 듣고는 입꼬리를 비틀었다.

"당신들 잊었어요? 삼촌에 대해 기록말살형을 가한 건 그쪽이잖아요. 근데 이제 와서 협력을 요청해요?"

청색의 관리자의 기록을 말살하고, 지구를 식민지로 삼았던 세계수 연합.

그런 이들이 성지한을 구하자고 말하다니.

윤세아가 어처구니 없어 하는 것도 당연했다.

"오랜만에 돌아오니, 남자 하프 엘프였나요? 이상한 짓 하고 있던데…… 결국 삼촌의 능력을 가져가려고 이 짓거리 벌여 놓고, 참 뻔뻔하군요."

“이에 대해서는 유감입니다. 하지만 그렇게 관리자의 능력을 저희가 갈무리한 덕에, 이번 적색의 관리자의 이상도 드러나지 않았습니까?”

탁. 탁.

그러면서 화면을 터치하는 총독 미아.

그러자 영상은 앞의 시간대, 청검의 검기가 적색의 관리자를 노렸던 장면으로 돌아갔다.

“청검이 없었다면, 적색의 관리자가 왜 인간형으로 움직였는지에 대해선 아직도 추측만 무성했을 겁니다. 이렇게 모습이 드러난 덕에, 청색의 관리자를 구할 길이 생긴 거죠.”

“…….”

“만약 그분이 돌아온다면. 저희는 얼마든지 기록말살형을 되돌릴 의사가 있습니다.”

“그게…… 정말인가요?”

“예. 청색의 관리자께서 온전히 돌아오신다면, 말이지요.”

온전히라는 단서를 달고, 기록말살형을 되돌리겠다는 식민지 총독.

윤세아가 그 말을 듣고 혼란스러운 듯 두 눈을 깜빡이자.

성지한이 의념을 보냈다.

‘너, 설마 저거 믿는 거 아니지? 장단만 맞춰 줘. 재들

한테.'

세계수 연합이 여기에 들인 공이 얼만데, 성지한이 돌아왔다고 포기할 리가 없지.

오히려 그까지 어떻게든 제압하려고, 수를 쓸 게 분명했다.

관리자의 권능은, 그만큼 가치 있는 능력이었으니까.

윤세아는 살짝 고개를 끄덕이곤, 입을 열었다.

"……저한테서, 무슨 협조를 바라는 거죠? 미리 말해두지만, 공허는 이 일에 개입하지 않을 겁니다."

"괜찮습니다. 저희가 바라는 건, 공허의 개입이 아니라 아레나의 주인의 협조니까요."

탁. 탁.

그러면서 미아가 화면을 몇 번 만지자.

지이이잉…….

거기선 청검이 무수히 꽂혀 있는, 검의 전당이 모습을 드러냈다.

"저희는 스탯 '청'을 이렇게 검의 형태로 압축하고 있습니다. 윤세아 님께서는 이 검 중 하나에 공허를 부여해주셨으면 합니다."

"검에, 공허를 부여하라구요? 대체 왜……."

"청색의 관리자가 사용하던 검에는, 항상 공허가 존재했습니다. 저희가 연성하는 청검도, 공허의 자극을 받으면 더 강해지는 게 아닌지 테스트를 진행하려 합니다."

"그렇군요."

"그리고, 준비가 끝나면…… 적색의 관리자 토벌전 때 저희와 함께해 주셨으면 합니다."

"……지금 저보고, 적색의 관리자와 싸우라구요?"

윤세아가 표정을 찡그리자, 총독 미아가 얼른 손사래를 쳤다.

"아닙니다. 전투는 이그드라실께서 전부 도맡으실 겁니다. 아레나의 주인께서는, 후방에서 모습만 보여 주십시오."

"모습만, 입니까."

"네. 그간 기록을 보아하니, 청색의 관리자께서는 윤세아 님을 상당히 신경 쓰셨습니다. 직접 모습을 드러내시면, 저쪽에서 동요를 보일 수 있습니다."

적색의 관리자에게 장악된 성지한.

그를 깨우기 위한 용도로, 윤세아를 전장에 내보내겠다 이건가.

별별 수를 다 쓰려 하는군.

성지한은 윤세아에게 의념을 보냈다.

'이건 거부해.'

청검에 공허를 부여하는 작업까지는 괜찮았지만.

이 건은 경우가 달랐다.

까딱 잘못하다간 윤세아가 피해를 볼 수도 있었으니까.

위험한 상황은 안 만드는 게 좋았다.

"……글쎄요. 이건 안 되겠네요. 당신들의 뭘 믿고 제가 전투에 참여하겠어요?"

"그렇습니까……."

"네. 대신 청검에 공허를 부여하는 건, 시도해 보죠."

"알겠습니다. 아…… 근데, 이 방법에 대해선 어떻게 생각하십니까?"

툭. 툭.

미아 총독은 화면을 전환했다.

그러자 거기엔.

기존의 엘프 얼굴과, 윤세아의 얼굴이 나란히 나타나 있었다.

"기존의 엘프 얼굴을, 윤세아 님의 얼굴로 바꾸는 겁니다."

"……뭐라구요?"

"물론 모든 엘프를 다 바꾸는 건 아닙니다. 청검을 든 하이 엘프 군단만 우선적으로 외모를 변형하겠습니다. 이러면 윤세아 님이 직접 전투에 참여하지 않아도, 저쪽에서 동요 반응이 나타날 수 있지 않겠습니까?"

"아니…… 저기요. 무슨……!"

윤세아는 그 제안에 황당해했지만.

"아레나의 주인이여. 청색의 관리자가 구할 수 있는 상태인지 아닌지, 확인…… 하셔야 하지 않겠습니까?"

미아 총독은 진지했다.

"……."

"윤세아 님의 얼굴을 빌리는 건, 기껏해야 하이 엘프 수백 정도일 뿐입니다. 직접 오시는 건 무리라고 하셨으니, 이런 방식으로라도 상대의 동요를 확인해야 합니다. 청색의 관리자께서는…… 당신께 매우 소중한 분 아니셨습니까?"

직접 안 올 거면 얼굴이라도 빌려주라면서, 청색의 관리자를 거론하는 총독.

'여기서 제안을 안 받으면, 이상하게 생각할지도 모르겠군.'

성지한을 찾겠다고 워싱턴에서 수년간 탐색 작업을 벌였던 윤세아다.

그런 그녀가 여기서 소극적으로 나오면, 상대가 의구심을 품을 수도 있었으니.

윤세아는 입술을 깨물며, 천천히 고개를 끄덕였다.

"……알았어요. 적색의 관리자가 쓰고 있는 몸이 동요하는지, 확인…… 해야 하니까요."

"허락해 주셔서 감사합니다."

"대신. 그들이 출격할 때는 저도 그 장면을 볼 수 있게 공유해 줘요."

"물론입니다. 이렇게 저희가 협력 관계가 되었으니, 실시간으로 정보를 공유하겠습니다."

그러면서 싱긋 웃은 총독은.

"그럼…… 청검에 공허를 담는 일은, 시간 언제가 괜찮으실까요?"

"그건 지금 당장이라도 가능해요."

"잘됐군요. 그럼…… 공허를 주입할 청검 쪽에 바로 연락을 하겠습니다."

청검의 연성을 위해, 바로 통신을 연결했다.

지이이잉…….

그러자 전환된 화면에서는.

'……나잖아?'

멍한 얼굴로 TV를 보고 있는 김지훈이 모습을 드러냈다.

* * *

"또 TV라니…… 질리지도 않나 보군."

그런 김지훈을 보고, 총독 미아가 혀를 찰 즈음.

"저자는 누구죠?"

윤세아가 화면을 보며, 그녀에게 질문했다.

"아레나의 주인께서 이번에 공허를 주입하실 청검입니다. 저렇게 보이는 모습은 게으르기 짝이 없지만, 검으로서의 재능은 상당합니다."

"그래요? 어떤 재능을 지녔기에 그러죠?"

"수많은 청검 중에서도, 유일하게 성장하는 재능을 지녔습니다."

미아는 윤세아에게 청검 '김지훈'의 쓸모에 대해 알려주고는.

화면을 보며 지시를 내렸다.

"17번. 청검을 재워라. 타깃을 바로 검의 전당으로 소환해야 한다."

[알겠습니다.]

'일단 돌아가야겠네.'

성지한은 좀 이따 보자고 윤세아에게 의념을 보낸 후, 김지훈의 몸으로 재빨리 복귀했다.

그가 그렇게 들어왔을 땐.

"김지훈 님, 김지훈 님."

무표정한 엘프 호위가, 그의 눈앞에서 이름을 부르고 있었다.

"어. 어…… 왜 부르셨죠?"

"총독부에서 지시가 내려왔습니다. 지금 당장, 검의 전당으로 가야 한다고 하십니다."

"검의 전당으로 가야 한다니…… 잠을 자야 가는 거 아닌가요, 거긴?"

"네. 그러니 지금 바로 수면 마법을 사용하겠습니다."

그렇게 김지훈에게 통보한 엘프 호위는.

"슬립."

바로 마법을 사용했다.

그러자, 곧바로 감기는 김지훈의 눈.

스스스스…….

의식이 열어진다 싶더니.

어느덧, 김지훈은 청검으로 변하여, 검의 전당 중앙부에 꽂혀 있었다.

'이것 참…… 세아의 검이 될 줄은 몰랐네.'

성지한이 사용하던 검에 항상 공허가 존재했으니, 이걸 테스트하자는 세계수 연합.

아마도 예전에, 성지한이 사용하던 공허의 태극마검을 인상 깊게 본 것 같았다.

다만.

'사실, 공허를 주입해도 여기엔 오히려 마이너스인데.'

공허의 태극마검과 청검은 구성 원리가 달랐으니.

여기다 공허를 넣는다 한들, 두 기운이 충돌하면서 오히려 부작용만 낳을 우려가 있었다.

'그래도 공허는 쓸모없다. 로 결론이 끝나버리면 아쉽단 말이지…….'

세계수 연합과 한시적으로 협력 관계가 된 윤세아.

얼굴 빌려주는 대가로 정보를 받기로 했지만.

그거만으로는 뭔가 부족하지.

세계수 연합과 더 깊은 협력 관계가 되기 위해선.

공허의 쓸모, 오늘 여기서 보여 줄 필요가 있었다.

'어디 한번, 짜고 치기를 해 볼까…….'

성지한이 그리 생각하면서, 윤세아 일행을 기다린 지 30분 정도가 지나자.

파아아앗……!

윤세아와 총독 미아가 검의 전당 중앙부로 워프했다.

"……검이 참 많군요. 어떤 게 성장하는 검이죠?"

"이 검입니다만, 공허를 주입하기 전에 다른 검에 먼저 테스트를 하는 게 어떻겠습니까?"

세계수 연합 측도 공허를 주입하는 것에 대해.

위험할 수도 있음을 예측하고, 윤세아에게 테스트용 검을 먼저 넘겨주었다.

'적합도가 형편없이 낮은 검이군.'

저 검.

적합도, 한 5퍼센트 되려나.

검의 전당에서도, 가장 외곽에 있어야 할 검.

워낙 성능이 저열해서, 망가져도 별로 안 아쉬운 느낌이었다.

"어디……."

윤세아가 거기에 공허를 살짝 주입하자.

슈우우…….

검이 내뿜는 청광은, 더욱 미약해졌다.

금방이라도 꺼질 것 같은 빛.

윤세아는 이걸 보며, 미간을 좁혔다.

"저기…… 이 검, 약해졌는데요?"

"테스트…… 몇 차례 더 해도 되겠습니까? 공허의 주입. 최소한으로 부탁드립니다."

"적게 넣는다고 넣었는데…… 알겠어요."

그렇게 10자루의 청검에서 테스트가 진행되었지만.

시험 결과는, 모두 빛이 약해진 채로 끝이 났다.

"으음……."

그걸 보곤, 심각한 표정을 짓는 총독 미아.

공허 주입, 지금까지의 테스트 결과로만 보면 모두 실패였다.

애네야 사실 버려도 되는 검이라고 쳐도.

'김지훈의 청검은 무사해야 하는데…….'

성장하는 청검은, 절대 망가져선 안 되었다.

괜히 공허 넣는다고 실험했다가 검의 성장성이 훼손되기라도 하면 큰일이니까.

"아무래도, 공허 주입은 실패인 것 같습니다……."

총독 미아는 그렇게 말하면서 말 끝을 흐렸지만.

"테스트용 검이 너무 약해서 그런 거 아닐까요? 성장하는 검은 다를 것 같은데."

"그래도, 하나같이 결과가 이러니……."

"저 검은 다를 거 같아요."

이젠 오히려 윤세아가 적극적으로 나서고 있었다.

"너무 걱정 마세요. 아주 살짝만 넣어 볼 테니."

"그……."

저벅. 저벅.

총독의 대답이 나오기도 전에, 김지훈의 청검에 다가간 윤세아는.

스스스스…….

공허를 그 안으로 살짝 주입했다.

그러자, 성지한의 눈앞에 떠오르는 메시지.

[스탯 '공허'가 2 오릅니다.]

살짝 넣는다고 한 건데도.

아레나의 주인인 윤세아의 공허가 워낙 정밀하여, 스탯이 2나 올랐다.

이러니까 다른 검들은 저리 약해졌지.

'뭐 나야. 이렇게 움직이면 되지.'

스스스…….

성지한의 유도에 따라, 청검 중앙부로 회오리치는 공허.

다른 청검과는 달리, 김지훈의 것은.

스탯 청과 공허가 공존하는 모양새를 취했다.

그러더니.

슈우우우……!

검에서 보랏빛 연기가 나며.

청검의 빛이, 한층 더 강렬해졌다.

"아니, 이건……!"

그걸 본 총독이 눈을 크게 뜰 무렵, 윤세아는 어깨를 으쓱였다.

"거봐요. 이 검은 다를 것 같다고 했죠?"

"……정말 말씀하신 그대로네요. 적합도…… 바로 검사하겠습니다!"

"아. 네. 여기요."

그렇게 총독은, 잔뜩 흥분한 얼굴로 검을 넘겨받았다.

일이.

너무 잘 풀리고 있었다.

* * *

"적합도 23퍼센트……."

"저번 기록에 비해 1퍼센트 상승했습니다!"

김지훈의 청검을 재측정하던 엘프들은, 적합도가 상승한 걸 보고 눈을 반짝였다.

윤세아의 공허 부여로 인한 적합도 성장은 상당한 효과를 보이고 있었다.

물론.

"아레나의 주인이 그 전에 테스트했던 청검 10자루는, 모두 적합도가 2에서 3퍼센트 정도 떨어졌습니다."

"2자루는 검의 형태가 완전히 무너져 내리고 있습니다……."

김지훈이 1퍼센트 성장한 것보다.

그 전의 청검 10자루의 적합도가 빠진 게 수치상으로만 보면 훨씬 더 크긴 했다.

이렇게 되면 윤세아의 공허 테스트는 종합적으로 보면 막대한 손해라 볼 만했지만.

"괜찮다. 어차피 최하급 청검은 중요치 않아."

이들은 김지훈의 성장을 훨씬 더 중요시하게 여겼다.

저 정도의 청검이야 어차피 계속 적성 검사 할 때마다 나오는 제품.

그런 것보다, 확실한 하나를 만들어 내서.

녹색의 관리자, 이그드라실이 직접 쓸 물건을 완성하는 게 중요했으니까.

그때.

"어……."

"거, 검이 부서집니다!"

파아아앗……

적합도가 2-3퍼센트까지 떨어졌던 청검 10자루가.

하나둘씩, 빛을 유지하지 못하고 사라졌다.

"이런…… 쓸모없는 불량품 같으니라고."

"김지훈, 정밀 검사 다시 해 봐. 확실히 이상 없나 확인하고 되돌려야지."

그렇게 검이 사라진 걸 보고, 검사실에서 김지훈을 재점검하고 있을 때.

"성공입니다!"

결과를 전달받은 미아 총독은, 화색이 된 얼굴로 윤세아에게 말했다.

"적합도가 무려 1퍼센트나 올랐습니다."

"그 정도면 많이 오른 건가요?"

"예. 앞으로도 종종 부탁드려도 되겠습니까?"

"글쎄요. 저도 그렇게 한가한 몸은 아닙니다만."

그러면서 윤세아는 다리를 꼬았다.

공허의 쓸모가 입증되자, 바로 갑의 자세로 태도를 전환하는 그녀.

총독은 그럼에도 표정 변화 없이 웃는 낯으로 대응했다.

"당연히 아레나의 주인께서 바쁘신 건 잘 알고 있습니다. 그래도, 적색의 관리자는 성지한 님을 제압한 원수 아니겠습니까? 연합에서 여기 계시는 동안 모든 편의를 제공하겠으니, 시간이 되실 때 도와주셨으면 합니다."

"응…… 지금도 딱히 불편한 점은 없는데."

"총독부는 인류에게 명령을 할 권한을 지니고 있습니다. 사람들에게 시킬 일이 있으면, 저에게 언제든 말씀해 주십시오."

"인류야 뭐 별로 관심 없어요. 자기 살겠다고 삼촌을

잊는 걸 택한 이들이니까."

"아. 그럼 성지한 님에 대한 기억…… 되찾는 프로젝트를 일찍 가동시킬까요?"

"아니. 당신들이 지워 놓고 기억을 되찾게 한다구요?"

윤세아가 어처구니없단 얼굴로 그리 반문하자.

"물론, 원래대로는 아닙니다. 조금의 각색이 들어갔죠."

지이잉…….

미아 총독은 미소 띤 얼굴로, 화면 하나를 띄워 올렸다.

"이건……."

"청검에게는 벌써 교육을 시키고 있는 영상입니다."

그러고는 재생되는 화면.

거기서는.

-오래전, 우주수께는 인류 출신의 정원사가 계셨습니다.

이그드라실의 정원사로 왜곡된, 성지한의 일대기가 나오고 있었다.

-정원사는 그분의 짝으로. 머지않아 하나가 될 상대였습니다만…….

그걸 무표정한 얼굴로 보고 있던 윤세아는.

짝이라는 이야기가 나오자, 목청을 높였다.

"당신들…… 미쳤어요?!"

"……아니, 왜 그러십니까?"

"누가 누구 짝이에요? 뭐, 정원사? 하나가 돼? 돌았네 진짜."

"잠시 진정하십시오. 이건…… 청색의 관리자께서 영광 아닙니까? 비록 영상 속이라지만, 무려 이그드라실님의 짝으로 선정되었는데."

"뭐라구요?"

"지금껏 이그드라실께 짝으로 인정된 존재는 단 한 명도 없었습니다. 이는 가문, 아니 더 나아가 인류라는 종의 영광으로 보아야 합니다."

이그드라실의 정원사가 되었으면 영광으로 알 것이지.

왜 기분 나빠하는지, 총독 미아는 전혀 이해하질 못했다.

'……그래. 엘프들은 원래 죄다 광신도였지.'

윤세아는 새삼 이를 다시 깨닫고, 그녀에게 확실하게 말했다.

"그 프로젝트…… 시행하면 전 이번 일에서 빠질 겁니다."

"네? 아니 왜……."

"외숙모가 우주수인 꼴은 도저히 못 보니까요. 그러니까 그 건은 다시 꺼내지 마세요."

"……일단은 알겠습니다."

윤세아가 신신당부하자, 미아 총독은 애써 고개를 끄덕였다.

"다만, 청검의 적합도가 성장하지 않고 정체될 경우. 언제든 이 프로젝트는 가동될 수 있습니다."

"아니, 그딴 거 한다고 무슨 적합도가 좋아져요?"

"직접적인 연관 관계는 없지만, 시도해 볼 만한 가치는 있다고 위에서 이야기가 나오고 있는 상황입니다."

"위에서 참, 생각이 없군요."

윤세아는 굳은 표정으로 자리에서 일어났다.

"어쨌든 전, 확실히 이야기했습니다."

스스스스…….

그러더니 보랏빛 연기로 변해, 사라지는 그녀.

총독 미아는 윤세아가 사라진 자리를 보고는 고개를 갸웃했다.

"……왜 저런 반응이지? 사실, 이쪽이 기분 나빠야 하는데."

우주수의 정원사이자 짝.

세계수 연합의 창설부터 지금까지, 그분의 옆에 설 수 있는 존재는 단 한 명도 없었다.

그런데 아무리 영상 속이라 한들 성지한을 그러한 존재로 만들어 줬으면.

당연히 좋아해야 하는 거 아닌가?

충독은 윤세아의 반응을 전혀 이해하지 못했지만.

'……일단은, 이에 대해 보고하자.'

윤세아가 검을 성장시킨 걸 포함해서.

이 건에 대해서는, 상부에 일단 모두 알리기로 했다.

* * *

한편.

'빨리 돌아왔군.'

청검의 검사가 끝난 후. 성지한은 김지훈의 육체로 다시 돌아왔다.

성장한 지 얼마 안 되었다고, 청을 세계수의 문양 안으로 흡수하는 일은 안 시킨 건가.

'그래서 레벨은 안 올랐네.'

성지한은 김지훈의 상태창을 살펴보았다.

그간 잠을 자면서 1, 2씩 레벨이 올라서 어느덧 레벨 22에 도달한 그였지만.

오늘은 작업을 안 해서 그런지, 레벨이 정체 상태였다.

대신.

'공허가 2 추가되었네.'

윤세아의 공허 주입으로 인해, 스탯창에서 공허 카테고리가 새로 생긴 상태였다.

"응…… 공허? 이건 뭐지?"

김지훈이 이를 보고는, 아리송한 얼굴로 중얼거리자.

"무슨 문제 있으십니까?"

엘프 호위가 이에 반응하여 다가왔다.

웬만해서는 먼저 나서는 일이 없던 그녀였지만, '공허'라는 단어는 그냥 지나치지 않는 건가.

"그, 상태창에 못 보던 스탯, 공허가 생겼습니다……."

그러면서 김지훈이 스탯을 띄워 보여 주자.

"잠시 기다려 주십시오. 보고하겠습니다."

엘프 호위는 상부에 보고한다며 잠시 자리를 비우더니 금방 돌아왔다.

"그 공허는 김지훈님을 위해 특별히 혜택이 주어진 것으로, 이로 인해 적합도도 1퍼센트 상승했다고 합니다."

"오…… 적합도가 또 상승했다구요?"

"예. 그러니 다른 하프 엘프의 경우와는 다르니 신경 쓰지 말라고 하십니다."

"다른 하프 엘프라니……."

"이에 대해선 저도 자세한 이야기를 듣지 못했습니다."

그러면서 입을 다무는 엘프 호위.

'공허가 추가된 다른 하프 엘프면, 적합도 낮은 이들을 말하는 건가.'

윤세아가 맨 처음 테스트했던 10자루의 청검.

안 그래도 적합도 5퍼센트 짜리들이었는데, 거기서 더 떨어졌을 테니까.

부작용이 나타난 건가.

'근데 저렇게 신경 쓰지 말라고 할 정도면, 뭐 이야기가 나돌았나?'

성지한은 그리 생각하면서 스마트폰을 열어 보았다.

그러자.

[속보 - 남자 하프 엘프 이명훈, 인간으로 돌아오다]

[외국에서도 속속 되돌아간 케이스가 밝혀져]

[패닉에 빠진 남자 하프 엘프들. 그들의 공통점은 '공허']

-?? 이게 무슨 일이야

-공허…… 그게 여기서 왜 나옴? 그리고 그거 때문에 왜 인간이 되지 ㄷㄷ

-이명훈 망했네; 이럼 광고 다 파투인가

-초반에 남자 하프 엘프 빨리 돼서 광고 죄다 선점하더니…… 어떻게 함?

-저기요 누가 누굴 걱정해요 ㅋㅋㅋㅋ 이명훈은 이미 삼대가 쓸 돈 다 벌어 놨구만.

10개의 청검이 남자 하프 엘프에서 인간으로 되돌아왔다는 이야기가 들려왔다.

'아까 검이 빛을 유지하지 못하고 사라지더라니…… 그게 인간화가 되는 신호였나.'

청검의 소실이, 본체에 어떻게 영향을 끼치는지 이런 식으로 알게 됐군.

이럼 적색의 관리자로 청검 다 부숴 버려도 인간이 되는 선에서 끝나겠어.

'그래도 나 대신 스탯 청을 모아주는 애들을 부수긴 아깝지.'

적합도 5퍼센트, 세계수 연합 애들은 뭐 테스트하고 버릴 정도로 하찮게 취급하는 모양이다만.

그래도 성지한에겐 이들도 소중한 일꾼이었다.

정말 불가피한 경우가 아닌 한, 청검을 부술 필욘 없겠지.

그가 그렇게 생각할 즈음.

스스스스…….

위층에서, 공허가 강렬히 회오리치는 게 느껴졌다.

'세아가 부르는군.'

강한 공허의 흐름.

이건, 윤세아가 성지한을 부를 때 움직이기로 한 신호였다.

그는 엘프 호위를 바라보았다.

총독처럼 자꾸 말 걸거나 하진 않지만, 명령을 받으면 다짜고짜 슬립 마법을 갈기던 상대.

이 엘프, 확실하게 제어할 수단이 필요했다.

'환염.'

[환염이 대상의 감각을 왜곡합니다.]

총독이 감시할 때는, 하이 엘프가 여기 왜 있나 꺼림칙해서 쓰지 않았던 환염.

하나 이 엘프 호위는 양산형으로 붙은 감시자기에, 환염을 적용할 만했다.

[스탯 적이 50 소모됩니다.]

'좀 나가네.'

그래 봤자, D급 세계수 반쪽 정도니까.

성지한이 그렇게 환염을 사용하자.

"……."

엘프 호위의 눈빛이, 금방 흐리멍덩해졌다.

'이럼 급발진은 안 하겠지.'

성지한은 그렇게 호위를 놔두곤, 김지훈의 몸에서 빠져나와 위로 올라갔다.

그러자.

"하아. 진짜…… 어, 삼촌 왔어?"

마루에서 잔뜩 굳은 얼굴로 앉아 있던 윤세아가, 성지한을 맞이했다.

"왜 불렀어. 총독이 뭐라고 했어?"

"아니. 애네 미쳤나 봐."

총독 이야기가 나오자, 금방 표정을 찌푸린 윤세아는.

조금 전 들었던 이야기를 성지한에게 해 주었다.

"……정원사 성지한? 그걸 전 인류의 기억에 새로이 각인시키겠다고?"

"어. 내가 그거 하면 빠진다고 분명히 이야기해 두긴 했는데. 아예 프로젝트라고 명명하고 있더라?"

청검 김지훈으로 인트로 들어갔을 때, 왜 이딴 영상 만드나 싶었는데.

'인류의 적합도를 성장시키기 위한, 계획 중 하나였나.'

아니.

근데 예전엔 던전 소환 더 한다느니, 인류를 살육해서 청검을 끌어내겠다 이러더니.

이 프로젝트는 아예 방향이 180도 다르잖아?

"세계수 연합…… 원래 계획은 평화 통치에서 압제로 뒤바꾸는 것일 텐데. 방향성이 바뀌었군."

"그래? 압제를 한다고 했어?"

"어. 던전 더 소환해서 인류에게 위협적인 분위기를 조성하려 했을 거야."

"그럼 방향이 완전 반대네? 아. 그거…… 적색의 관리자 안에, 삼촌이 있을지도 몰라서 그런가."

적색의 관리자에게 지배당하고 있는 성지한.

그를 거기서 끌어내기 위해선, 윤세아나 인류의 역할도 일정 부분 필요하다고 본 것 같았다.

"어쨌든, 삼촌. 나 좀 더 세계수 연합에서 중요한 역할이 되어야겠어. 지금은 날 좀 대우해 주지만, 적합도 올린다고 정원사 성지한 각인시키면 어떻게 해?"

"중요한 역할? 야, 전투에 나가는 건 안 된다."

"아…… 왜. 삼촌이 나 공격 안 하면 되잖아."

"전투가 격해지면 괜히 휩쓸릴 수도 있어. 그냥 정원사 성지한 소리 듣고 말지, 너 참전하는 건 절대 안 돼."

"그래도. 나 그렇게 약하진 않은데……."

성지한은 그 말에 단호하게 선을 그었다.

"네가 강해져 봤자, 관리자끼리의 격돌에선 살아남지 못해. 전투 참여는 절대 안 된다."

"……으, 알았어. 그럼, 다른 방법 생각해 보는 건 괜찮아?"

"뭐, 생각이라면야. 대신 실행은 나한테 허락받고 해."

"당연하지!"

윤세아는 이에 고개를 끄덕이자, 성지한은 화제를 전환했다.

"그럼 이 문제는 일단 이렇게 가고…… 나. 연합 털러 갔다 올게."

"또?"

"네 얼굴을 한 청기사가 준비되기 전에 최대한 털어야지."

"아. 맞다. 그거도 있지……."

"이번엔 그림자여왕 구출할까 해."

"여왕을……."

성지한의 말에, 윤세아의 표정이 묘해지더니.

그녀가 목소리를 한 톤 낮추었다.

"삼촌, 하나 물어보고 싶은 게 있는데……."

"뭐?"

"그…… 여왕이랑 비밀리에 사귀었어?"

"……뭔 소리야?"

* * *

그림자여왕이랑 사귀다니.

이게 뭔 생뚱맞은 소리야.

이런 성지한의 반응에, 윤세아는 고개를 끄덕거렸다.

"역시 안 사귀었구나?"

"당연히 아니지. 그런 이야기가 대체 왜 나온 거냐?"

"그림자여왕이 그렇게 이야기했거든. 삼촌이랑 자기는 한 몸 같은 사이며, 연인이었다고."

"연인 같은 소리 하네."

그림자여왕이랑은 그런 건수 자체가 없었는데.

"차라리 한 몸 같은 사이라 말한 건 이해를 하겠다. 그림자여왕이 내 검 역할을 오랫동안 했으니."

"아…… 그 그림자검? 그래서 한 몸이었다고 자신 있게 말했구나."

"근데 뭔 연인 소리야?"

"아, 그…… 인류가 세계수 연합 식민지가 되었을 때. 여왕도 도망치려고 하다 잡혔거든."

지구에서 활동하던 그림자여왕.

그녀가 세계수 연합에게 붙잡히는 건, 당연한 수순이었다.

"근데 끌려가기 전에, 자기가 삼촌이랑 그런 관계라고 하면서 엄~청 살려 달라고 어필했어."

"그래? 그건 좀 추한데."

"뭐, 이번에 끌려가면 무사하지 못할 테니 그런 거겠지만…… 어쨌든 세계수 연합도 처음엔 믿지 않다가. 그림자여왕이 무슨 증거를 들이미니 믿었다고 하더라?"

처음에는 뭐 살기 위해 거짓말했나 보다 싶었던 성지한은.

증거 이야기에 눈썹을 꿈틀거렸다.

"증거? 그럴 게 있나?"

"그렇대. 그래서 나 삼촌 찾으러 갈 때만 해도 풀려나서 활동하고 있었어."

"지구에서 활동하고 있었다고? 근데 왜 쓰레기장에 간 거야?"

세계수 연합이 성지한의 연인인 걸 인정하고, 살려 뒀으면.

계속 여기 있어야 하는 거 아닌가.

성지한의 의문에 대답한 건.

"사업 실패로."

방에서 나온 성지아였다.

"……사업 실패?"

"어. 여왕 걔 연합한테 대출받아서 방송 사업했잖아. 그거 말아먹었거든."

성지한은 그 말에 그림자여왕이 예전에 시도했던 방송을 떠올렸다.

뭐 중계권 사고하다가, 파산할 뻔해서 대신 투자해 줬던 거 같은데.

'역시 오래가지 못했나.'

예전에도 하는 거 보면 말아먹을 줄은 알았는데.

그게 현실로 나타난 셈이군.

"하는 거 보면 망할 것 같더라니……."

"아, 근데 망한 이유는 운영을 못 해서가 아니야. 세계수 연합 총독부에서 여왕 채널 시청 금지시켰거든."

"그래?"

"응, 방송국 운영하는데 시청 금지되면 뭐, 사업이 되겠어? 이자도 못 내고 잡혀갔지."

방송 시청을 총독부에서 금지시키다니.

이러면 그냥 강제로 끌고 가는 거랑 별다를 바가 없는데.

"그다음에 소식이 두절돼서 어디 있나 했는데...... 쓰레기장에서 일하고 있나 보네."

성지한의 연인이라고 하면서 버틴 게 무색하게, 지금은 키메라 분해하는 신세가.

'자업자득인 면도 좀 있네.'

연인 핑계 대면서 살아난 것도 그렇고.

끌려간 것도 결국 빚 못 갚아서인 걸 알고 나니, 왠지 그림자여왕을 구하고 싶은 마음이 좀 약해졌다.

그래도.

"일단 거기서 꺼내 오긴 해야겠군."

"구해 주게?"

"어. 무슨 '증거'를 들이밀었기에 연합에서 믿었는지 궁금하거든."

"아. 그게 나도 궁금하긴 했어. 뭘 보여 줬기에 그 세계수 연합에서 인정을 해 줬을까......."

"엄마도 몇 번 물어봤는데, 절대 안 알려 주더라."

저 세계수 연합이 인정한, '증거'.

그게 뭔지, 성지한은 그녀를 구출하는 김에 한번 알아볼 생각이었다.

"그럼 가 볼게."

"응."

지이잉.......

성지한은 저번에 입수한 쓰레기장의 좌표를 향해, 포탈

을 열었다.

* * *

쓰레기장.

이름과 달리, 흙빛의 황무지만 쭉 펼쳐진 이 땅에서는.

하늘 위에서 키메라가 떨어지면, 그림자기운이 섞인 공허가 독가스처럼 퍼져 나가며 이들을 소거했다.

'뭐 나야, 기다릴 필요는 없지.'

화르르륵……!

불에 잠긴 채.

적색의 관리자 모드로 들어온 성지한은, 하늘 위에서 대지를 바라보았다.

김지훈의 몸으로는 살기 위해 이리저리 움직이기 바빴지만.

적색의 관리자로서는 그럴 필요가 없었다.

착.

그가 대지에 발을 디디자.

화르르륵……!

시뻘건 불길이 사방을 향해 뻗어 나갔다.

"으, 으아악…… 뭐야 이거?!"

"이, 이런 맵 아니었는데?"

"키메라 나오기 전이잖아 아직……!"

마침 서바이벌 맵, 쓰레기장을 플레이하고 있는 플레이어들이 있는 건지.

갑작스러운 불길에 우왕좌왕하다가 죄다 타 버린 사람들이 적잖았지만.

'재수도 참 없네 쟤들은.'

뭐 어쩌겠나.

레벨 좀 떨어지고 마는 거지.

성지한은 그렇게 플레이어들을 부수적으로 태워 버리면서, 땅속으로 진입했다.

그러자 한참은 흙만 주야장천 파고들어 갔지만.

어느 정도 들어가자, 대지 아래로 단단한 금속 벽이 눈에 들어왔다.

'호오, 바로 안 뚫리네.'

처음으로 벽에 의해 전진이 막힌 적색의 관리자.

하나 그 저항은 그렇게 오래 지속되질 못했다.

쿵. 쿵……!

성지한이 그 위에서 발을 몇 번 밟자, 금세 벽은 허물어지고.

그는 쓰레기장의 안쪽으로 진입할 수 있었다.

'여기도 실험실의 일종인가.'

예전에 길가메시의 파편 회수했던 실험실과, 비슷한 느낌의 공간.

다만 거기와 다른 건, 보랏빛의 공허가 여기저기서 흘

러나온단 점이었다.

그리고.

"적색의 관리자……."

"어떻게 여기까지!"

예전의 장소는 하이 엘프가 실험을 담당하던 것과는 달리.

여기는 고엘프가 연구진으로 참여하고 있었다.

'애네는 무슨 원로원도 실험을 하고 있네.'

세계수 연합 중, 최고위층들도 쓰레기장 바닥에서 연구나 하는 신세라니.

역시 애넨, 이그드라실 말고는 가차 없구나.

성지한은 그리 생각하며, 그들에게 손가락을 뻗었다.

그러자.

화르르륵……!

대번에 불타오르는 고엘프들.

"으, 으으윽……!"

"재, 재생이…… 따라가질 못한다……."

하이 엘프처럼 단번에 끝나진 않았지만.

그래도 관리자의 불길에는, 고엘프들도 오래 버티질 못했다.

그렇게 고엘프 둘을 태운 성지한은.

저벅. 저벅.

탐색을 위해, 발걸음을 옮겼다.

'꽤 넓네, 여기.'

저번에 털었던 연구실과는 확실히 급이 다른 크기.

생명체가 담겨 있던 예전 연구실의 시험관과는 달리, 여기에는 공허의 기운이 강하게 응축되어 있었다.

공허 관련 실험실이라 고엘프가 관여하고 있는 건가.

성지한은 잠깐 연구실을 살피다가 생각했다.

'이거 계속 구경하다간, 시간 지체돼서 쟤들이 그림자 여왕 데리고 도망치겠는데.'

어차피 연구실 살펴봤자, 공허 압축한 거 빼곤 볼 거 없으니.

그가 속도를 보다 빠르게 내자.

치이이익……!

연구실 내부는 그의 몸에 붙어 있는 불길로 인해, 완전히 아수라장이 되었다.

특히 시험관이 녹아내리면서 공허가 퍼져 나가자.

불과 공허의 기운이 섞이며, 실험실 내부는 생명체가 살 수 없는 환경으로 변하고 있었다.

한편.

[A-21구역 공허 저장소 파괴. 수복 불가능.]

[A-45구역 공허 저장소 파괴. 수복 불가능.]

연구실의 중심부에선.

고엘프 연구원 10여 명이 모여서, 계속해서 떠오르는 메시지를 지켜보고 있었다.

"공허 저장소…… 딱히 파괴하려고 움직이는 것도 아닌데 다 부서지는군."

"관리자의 힘이 담긴 불길입니다. 아무리 공허를 보관하는 관이 단단하다 한들, 버틸 수가 없습니다."

"그래서, 구원 요청은……."

"침공 즉시, 해 두었습니다. 한데 청기사의 편성에 시간이 5분 정도 소요한다고 합니다."

"5분…… 그 시간 안에 방어가 가능할까."

"……."

그 말에 모두가 침묵을 지킨 채, 화면을 바라보았다.

모든 것을 불태우면서 빠른 속도로 다가오는 적색의 관리자.

아무리 고엘프라 한들, 청검도 없는 상황에서는.

그냥 잿더미가 될 뿐이었다.

"근데 왜, 적색의 관리자가 세계수도 없는 이곳에 쳐들어온 걸까요?"

"글쎄. 설마 그림자여왕을 노리는 건가?"

"공허 저장소를 그냥 터뜨리는 걸 보면. 여기서 노릴 건 저것밖에 없긴 한데……."

스으윽.

그러면서 연구실 중심부에 있는 커다란 시험관을 바라

보는 고엘프.

시커먼 액체가 가득한 그곳에는, 그림자여왕이 눈을 감은 채로 둥둥 떠 있었다.

"그러고 보면, 적색의 관리자가 쓰고 있는 몸은, 청색의 관리자의 것이라고 들었습니다……."

"청색의 연인을 구하려는 걸까요?"

"글쎄. 적이 청의 몸을 차지했는데, 굳이 구할 필요가 있나?"

"오히려 확실하게 불태우려 하는 것일지도."

사실, 적색의 관리자가 청색의 연인을 구할 이유가 없었기 때문에.

고엘프들은 저놈이 갑자기 왜 저러는질, 확실하게 규명하지 못했다.

대신.

"흠…… 그러고 보니, 청기사들 얼굴 변형을 한다고 하던데."

"얼굴을 변형한다니요?"

"청색의 관리자가 완전히 제압된 건지. 아니면 틈새가 있는지 알아본다고…… 청기사들을 조카의 얼굴로 모조리 바꾼다더군."

"그게…… 통할까요?"

"글쎄. 뭐라도 하는 것 아니겠나."

"음…… 그럼 저희도 해 보는 게 어떻겠습니까?"

그러면서 고엘프 연구원 한 명이, 그림자여왕을 가리켰다.

“조카보다는 연인의 얼굴에 더 동요할 거 아니겠습니까?”

“그림자여왕 행세를 하자 이건가?”

“청기사들이 파견되기 전까지, 시간끌기죠. 어차피 이대로 있다간 죽지 않겠습니까?”

“허. 그래도 우리 원로가 쉐도우 엘프 따위로 변형해야 한다니…….”

“그래도, 죽는 것보다는 낫지요.”

스스스스…….

그러면서 처음 말을 꺼낸 연구원이 그림자여왕처럼 모습을 변형하자.

“그래. 적색의 발을 조금이라도 묶어 둘 수 있다면, 무슨 수라도 써야지.”

“모두 그림자여왕의 형태로 모습을 변형하라.”

다른 고엘프들도, 그림자여왕의 모습을 하나둘씩 흉내내기 시작했다.

그렇게 총 10여 명이 그림자여왕과 똑같이 변하고.

“하려면 확실히 해야지. 공허처리장도 벗어라.”

“예.”

반가면도 벗어서, 역소환 해 두었다.

그러자 그림자여왕의 모습으로, 쉐도우 엘프 열 명이

나란히 서게 된 연구실 중앙부.

"허. 쉐도우 엘프라니. 참으로 오래 살고 볼 일이군……."

"근데 겉모습만 따라 한다고, 적색의 관리자가 과연 동요하겠나?"

"뭐…… 잠깐 멈추기만 해도, 청색이 움직일 틈새가 있다고 볼 수 있지 않겠습니까?"

"일단 배틀튜브로 지금 상황, 전송하겠습니다."

적색의 관리자가 멈칫하기라도 하면.

성지한의 몸뚱어리가 100퍼센트 제어된 게 아니란 근거가 될 수 있으니까.

이들은 그렇게 배틀튜브까지 키면서 기다렸다.

그리고.

치이이이익……!

금세 중앙 실험실이 녹아내리더니.

적색의 관리자가 모습을 드러냈다.

'……뭐야. 왜 죄다 그림자여왕 행세를 하고 있어?'

성지한은 처음에 황당해했지만.

'아, 세아 얼굴 따오는 거처럼, 그림자여왕 흉내도 내는 건가.'

금방 저들의 의도를 파악했다.

'굳이 그림자여왕 모습으로 있는 걸 보면, 걔가 내 연인이라고 확신을 가지고 있나 보네.'

대체 뭘 증거로 내밀었기에, 저놈들이 이렇게 확신을

하는 거야?

성지한은 속으로 그렇게 생각하면서.

탁.

손가락을 한 번 튕겼다.

그러자.

파아아앗……!

일제히 타오르는, 쉐도우 엘프들.

"크……!"

"도, 동요…… 한 건가?"

"그, 그랬다기엔 너무 바로 불태우는데……."

"하지만 적색의 관리자가 그간 보인 속도로 보건대, 잠시 멈춘 건 틀림없습니다……!"

"……맞다. 빨리 이를 보고해라!"

그들은 불타오르는 와중에도.

적색의 관리자가 잠시 공격을 딜레이한 걸 보곤, 이걸 급히 본부에 보고하고 있었다.

자기들 몸 타오르는 거보다, 이 정보를 캐치한 게 중요하다 이건가.

'거참, 죽는 걸 두려워하는 놈들이 없네.'

하여간 징글징글한 놈들이야.

성지한은 그렇게 고엘프 10명을 일제히 불태워 버린 후.

그림자여왕이 들어가 있는 시험관으로 다가갔다.

'얘, 처음 구출했을 때보다 어째 대우가 더 좋아 보이는데.'

예전에 그녀를 연합에서 꺼내 왔을 땐 더 상황이 가혹했던 거 같은데.

지금은 그냥 시험관 안에 얌전히 보관되어 있는 그림자여왕.

이것도 설마, 그녀가 '성지한의 연인'으로 세계수 연합에게 인증을 받아서 그런 건가.

'대체 뭘 증거로 냈는지, 본인에게 들어 봐야겠군.'

성지한은 그리 생각하며.

쾅……!

그림자여왕이 보관된 시험관을 터뜨려, 그녀를 꺼냈다.

3장

3장

'이제 애를 어디로 데리고 가느냐가 문제군.'

지구로 바로 데려가기에는, 아무래도 위험 부담이 큰 그림자 여왕.

D급 세계수 행성이나 하나 더 폭파시키면서 물어봐야 하나.

성지한이 잠시 갈 곳을 고민할 즈음.

[청색의 관리자여. 갈 곳이 정해지지 않았다면, 나의 은신처로 가라.]

'네 은신처?'

[그래. 내가 지금껏 어떻게 비밀리에 활동해 온 건, 은신처가 큰 역할을 했지.]

관리자 직위를 박탈당한 뒤에도, 활발하게 활동을 해

왔던 적색의 관리자.

그가 그렇게 움직일 수 있었던 원동력이, 은신처였던 건가.

'근데 백색의 관리자가 널 케어해 준 거 아니었어?'

[그것도 맞다. 그래서 내가 있었던 은신처 대부분은, 백색의 입김이 닿아 있지. 다만, 마지막 순간에 마련한 곳은 백색의 관리자도 모르는 곳이다.]

백색의 관리자가 모르는 곳이라니.

그럼 쓸 만하겠는데.

'어딘데 거기가.'

[잠시, 힘을 좀 쓰겠다.]

지이이잉……

성지한의 눈앞에, 화면 여러 개가 떴다가 사라지고.

[이 좌표로 변경되었군.]

적색의 관리자는 은신처의 위치를 특정한 후, 성지한에게 넘겼다.

'은신처인데 좌표가 바뀌나?'

[계속 이동하고 있는 곳이라 그렇다. 가 보면, 너도 알겠지.]

'흐음…….'

움직이는 은신처라.

성지한은 적색이 알려 준 은신처 좌표를 바라보았다.

'이놈이 이제 와서 함정을 팔 거 같지는 않고.'

애초에 함정 팔 거였으면, 적이 700 초과했을 때 했겠지.

어차피 그림자 여왕을 심문만 할 거.

한 번 믿고 가 봐야겠군.

지이이잉……

성지한은 포탈을 열어, 일단 그가 알려 준 좌표로 이동했다.

'여기가 적색의 은신처인가.'

그렇게 도착한 장소는, 검은빛의 황무지가 쭉 펼쳐진 장소.

황량한 대지 위에는, 크기가 각기 다른 뼈가 가득했다.

인간 크기의 생명체에서부터.

드래곤 급의 거대한 개체까지 섞여 있는 뼈들.

'은신처라기보다는 뼈 무덤 같군. 여기 맞냐?'

[확실하다.]

성지한은 주변을 잠시 살폈다.

과연, 별다른 기척은 느껴지지 않는 은신처.

조용하게 일을 진행하기엔, 적합한 장소였다.

'일단 그럼 일을 진행해야겠군.'

성지한은 그리 생각하곤 손에 들고 있는 그림자 여왕을 바라보았다.

시험관에서 꺼냈는데도, 여전히 의식을 잃은 상태인 그녀.

'몸은 정상인데, 그림자 기운이 부족한 건가.'

스스스……

성지한은 그런 그녀에게 그림자 기운을 불어넣었다.

그러자.

"으…… 으……."

그림자 여왕의 눈꺼풀이 떨리더니, 그녀가 천천히 눈을 떴다.

그리고, 성지한 쪽을 보더니, 떨리는 목소리로 말했다.

"이 힘은…… 그대, 설마 청색의 관리자인가?"

온몸이 불타 있는 상태인데도, 상대가 청색의 관리자라고 생각하는 그림자 여왕.

성지한은 그녀가 어떻게 감지한 건지, 금방 알 수 있었다.

"그림자 기운으로 알아챘나 보군."

"……맞다. 이 기운의 성질은, 청색의 관리자만이 내뿜을 수 있는 것. 적색의 관리자라 한들, 똑같이 흉내 내진 못해."

그래도 그림자 여왕이라고, 기운 판별은 잘하나 보군.

성지한은 팔짱을 끼곤 물었다.

"그건 됐고. 그래. '증거'가 뭐지?"

"증거……?"

"네가 내 연인이라는 증거 말이다."

"아. 아. 그거……."

그 말에, 그림자 여왕이 시선을 슬쩍 회피하자.

화르르륵……!

그녀의 앞에 불꽃이 치솟았다.

"말로 할 때 자백해라."

"그, 그게…… 미, 미안하다! 사, 살기 위해서. 어쩔 수 없었다. 연합에서 완전히 날 갈기갈기 찢어, 해체할 기세여서……."

"뭐 살기 위한 네 노력은 그렇다 치는데. 내가 궁금한 건 증거야. 세계수 연합 놈들에게 뭘 제공했기에 그들이 연인 이야기를 믿은 거지?"

"그게……."

말끝을 흐리며, 침묵하는 그림자 여왕.

하지만.

"이렇게 말을 못 하는 걸 보니, 더 들어야겠군."

치이이익……!

그녀의 살갗이 일제히 타오르자.

"아, 아아악……! 마, 말하겠다!"

언제까지고 입을 다물 순 없었다.

그녀는 성지한의 눈치를 보면서.

더듬더듬, 입을 열었다.

"그. 네…… 생체 정보를…… 넘겼다……."

* * *

생체 정보라니.

성지한은 두 눈을 부릅떴다.

"뭐? 그걸 네가 어떻게 가지고 있어?"

"내가 네, 네 손에 있지 않았나. 그때, 자동으로 입수했던 생체 데이터가 있었다……."

[자동으로 입수했을 리가 없다. 아마 검으로 있을 때, 자신이 나서서 데이터를 수집했겠지.]

적색의 관리자의 말대로.

성지한의 데이터가 자동으로 흘러 들어왔다는 건 말도 안 되는 이야기였다.

아마 인류 플레이어가 이렇게 두각을 나타내니까, 뭐하는 인간인가 정보를 채취하려 했겠지.

암검 이클립스와 손은 항상 이어져 있었으니까.

성지한 모르게, 은밀히 시행하는 건 일도 아니었을 거다.

특히 그때는 성지한도 관리자가 아니라, 플레이어에 불과했으니까.

"허. 감금된 걸 풀어 줬더니…… 은혜를 원수로 갚는군. 어쩐지 세계수 연합에서 널 예전보다 좋게 취급해 주더라니. 내 정보를 팔았다 이거지."

화르르르……

성지한의 몸에서 불길이 치솟자.

그림자 여왕이 황급히 말했다.

"그. 그래도 가진 정보, 완전히 다 넘기진 않았다. 그래서…… 쓰레기장에 온 남자 하프 엘프들도 '재활용 쓰레기'급이었어!"

성지한은 그 말에, 김지훈으로 쓰레기장에 소환되었을 때를 떠올렸다.

―……아직, 재활용 쓰레기.

그림자 여왕이 쓰레기장에 있다는 걸 알게 되었던 목소리.

그때 재활용 쓰레기라고 말했던 건, 남자 하프 엘프의 수준이 그 정도라서 그런 건가.

"정보를 더 넘겼으면, 쓰레기급이 아니었겠네?"

"그래…… 맞다! 남자 하프 엘프. 너랑 어설프게 닮지 않았나……? 내가 다 넘겼으면, 똑같았을 거다."

"참 잘했군그래."

성지한은 그리 말하며.

스스스……

오른손에 청홍을 소환했다.

"저기. 혹시 그 검……."

"내 정보를 넘겼는데, 죽어야지."

그림자 여왕이 넘긴 성지한의 생체 정보.

그건, 분명 남자 하프 엘프를 만드는 데 쓰였을 것이다.

지구에 귀환하자마자 본, 어설픈 가짜들이, 다 이 그림자 여왕 때문에 생산된 거라 이거지.

이건, 도저히 용납할 수 없는 상황이었다.

"저, 정말 미안하다! 하지만, 나, 나도 책임져야 하는 쉐도우 엘프들이 있어서 어쩔 수 없었다…… 이렇게 풀려났으니, 다. 다시 널 돕겠다! 목숨을 바칠 각오로 도와서, 내 죄를 갚겠어!"

"그럴 각오면, 그냥 지금 죽어라."

성지한의 신체 데이터를 몰래 빼낸 걸로도 모자라, 그걸 살기 위해 세계수 연합에 건네 버렸으니.

더 이상 그녀를 신뢰할 수는 없었다.

오히려, 그녀는 그림자기운을 건네받아 '적색의 관리자' 행세를 하던 이가 사실은 성지한인 걸 알게 되었으니.

여기서 확실히 정리를 해야 했다.

그가 그렇게 검을 뻗으려 할 때.

[그녀에게 원한이 깊은가?]

적색의 관리자가 성지한에게 의념을 보냈다.

'그 정돈 아니지. 배신한 상대를 못 믿을 뿐.'

[그럼 네 전속 그림자로 쓰는 게 어떻겠나.]

'그림자로?'

[그렇다. 네가 만든 새로운 프로필, 김지훈을 컨트롤하는 데 있어 쓸 만할 것이다. 그림자의 운영 여부에 따라, 네 본체와 김지훈을 동시에 움직일 수도 있겠지.]

'흐음…… 내게 귀속을 시키라는 건가.'

[그렇다. 쉐도우 엘프는 여러 종족 중에서도 영체가 주가 된 특이 개체…… 다른 수단을 사용하는 것보다, 이를 매개로 김지훈을 움직이는 것이 가장 효율적이다.]

성지한과 김지훈.

지금은 총독의 의심이 좀 풀렸지만, 나중에 또 동시에 움직일 일이 생길지도 모르지.

[거기에 김지훈에겐 마침 공허가 있으니. 그림자가 그 안에 깃들어도, 저들에게 들키지 않을 것이다.]

'그건 좋군. 한데 그림자가 또 배신할 상황은 나타나지 않겠나.'

[후후. 그럴 힘도 남겨 두지 않으면 된다. 여왕의 혼도 없애거나, 봉인해 버리면 될 테지.]

'흠…….'

그럼 그냥 죽이는 거보다, 그림자로 써먹는 게 낫겠군.

푹!

성지한은 청홍을 들어, 그림자 여왕을 찔렀다.

그러자.

"으. 으으…… 정말…… 찌르다니."

"네가 먼저 시작한 일이다."

그림자 여왕은 두 눈을 크게 뜬 채, 자신을 찌른 검을 보다가.

슈우우우우……

검은 연기로 변해, 검 안으로 빨려 들어갔다.

['그림자 여왕'을 그림자의 일부러 귀속시킵니다…….]

[그림자 여왕의 혼을 봉인하겠습니까?]

"없애는 건 안 되나?"

[그림자 여왕의 혼을 소멸시킬 경우, 귀속된 그림자가 흩어질 확률이 있습니다.]

그럼 일단은 봉인해야겠군.
그랬다가 나중에 그림자가 잘 안착하면, 그때 가서 혼을 없애도 되니까.
"봉인해 그럼."
그의 허가가 떨어지자.

[스탯 적이 100 소모됩니다…….]

스탯이 상당량 소모되더니.
슈우우우……
성지한의 내부에, 새로이 그림자 기운이 안착했다.
'이거, 확실히 안정적이군. 관리자의 그림자로 쓸만하겠어.'
성지한과 김지훈의 동시 운용 방안으로, 여러 가지를 고안해 보긴 했지만.
주체가 될 성지한이 애초에 관리자로 격이 너무 드높은 데다가, 우주 전역을 돌아다니는 실정이라 이게 생각보다 쉽지 않았다.

하지만 성좌 레벨 7인 그림자 여왕을 재료로 써서, 만든 새 그림자는.

확실히 관리자의 그림자가 될 만큼 효율이 좋았다.

'돌아가서 김지훈에 그림자를 심고, 봉인된 혼은 내가 지니고 있어야겠군.'

성지한은 그림자 여왕의 혼을 인벤토리에 넣어 정리를 끝낸 후.

주변을 둘러보았다.

'여긴 근데 뭐하는 데냐?'

[백색의 관리자의 눈에서 벗어나기 위해 만든 은신처다. 너도 어쩌면 알 수 있겠군.]

'내가 안다니…… 여길?'

성지한은 그 말에 의아함을 감추지 못했다.

뼈밖에 없는 대지를, 내가 알 일이 뭐 있다고?

그때.

딸깍. 딸깍……

성지한이 장악해 둔 공간의 너머로.

뼈들이 하나둘씩 꿈틀거리더니, 일어나기 시작했다.

[오오오…….]

[주인…… 님…….]

[드디어…… 오셨습니까!]

적색의 관리자 행세를 하는 성지한을 보고는, 주인님이라고 말하며 환호하는 해골 부대.

크기가 드래곤만 하건 인간만 하건 상관없이.

다들 몸을 들썩이며 신을 내는 게, 언데드가 보이기엔 참 경박한 움직임이었다.

'지닌 힘은 상당하군.'

겉으로 보면 가볍기 짝이 없는 언데드들이었지만.

이들 하나하나가 지닌 힘은, 예상외로 강력했다.

이 정도 언데드 군단을 만들려면, 상당히 고위급 성좌가 힘을 써야 가능한데…….

'언데드를 다루는 고위 성좌라.'

그런 존재, 하나 알고 있긴 한데.

성지한의 머릿속에 그 상대가 스쳐 지나갈 때.

스스스스……

성지한의 영역 너머로.

검은 두개골이 떠오르기 시작했다.

비록 머리밖에 없지만, 이 자리에 있는 그 어떤 언데드보다도 강한 해골.

[주인님!]

딱. 딱.

그는 이빨을 급히 부딪치더니, 적색의 관리자를 보곤 감격한 음성으로 말했다.

[제 머리를 이겨 내시고, 이렇게 성공적으로 강림하셨군요!]

성지한에게 매번 자기 머리를 하라고 부르짖던, 죽은

별의 성좌.

적색의 관리자가 마련했다는 마지막 은신처는, 바로 그의 별.

'죽은 별'이었다.

* * *

죽은 별의 성좌 칼레인.

성지한을 자신의 머리로 삼겠다고, 매번 그를 '머리'라고 부르던 그는.

적색의 관리자 앞에서 태도가 180도 달라진 채로, 주인님 소리를 하고 있었다.

'얘는 왜 너한테 주인님 소리를 하냐?'

[그의 금제를, 내가 그냥 지워 줬겠느냐.]

'아.'

태양왕이 칼레인에게 새겼던 노예 인장.

이것은, 적색의 관리자가 무신에게 낙인을 없애는 걸 보여 주는 과정에서.

—아까의 방법대로 하면, 이 자의 낙인이 지워진다. 보아라.

실제 예시로 쓰였었다.

'그때부터 계획되어 있었던 건가.'

[은신처의 확보는 언제나 중요한 일. 내게는 백색의 관리자도 모르는 탈출구가 필요했을 뿐이다.]

그때는 낙인 해제 방법을 괜히 먼저 가르쳐 줬다가, 무신이 동방삭에게 적색의 관리자를 제압하라고 명령하는 바람에.

저놈도 된통 당하는구나 생각했는데.

그게 아니라 다 계획이 있었군.

무신뿐만이 아니라 칼레인에게도.

'네 용의주도함을 보니, 청홍 안에 가만히 있는 게 더 미심쩍어지는군.'

[후후…… 너무 염려하지 않아도 된다. 나는 이 안이 마음에 드니까. 저번에 진작 빠져나갈 수 있음에도 안 나가지 않았나?]

적이 700을 넘었을 때도, 성지한을 장악하긴커녕 오히려 정신 차리라고 주의를 주었던 적색의 관리자.

그에 대해서는 주의를 게을리해선 안 되겠지만.

그래도 지금 당장은 협력자라고 봐도 되었다.

'적색 권능도 지금은 없어선 안 되고.'

세계수 연합이 만들어 주는 청검을 흡수하기 전까지는.

역시 이 공생 관계는 지속해야 할 것 같았다.

그렇게 성지한이 생각을 정리할 즈음.

쿵! 쿵!

조금 전 떠올랐던 검은 두개골은, 바닥에 이마뼈를 연신 박고 있었다.

[주인님! 주인님이 오시는 날만 기다리며, 붉은 군대를 양성해 두었습니다! 세계수 연합의 행성이 불타오를 때 얼마나 감격했는지……! 매일, 이 영상을 10번, 20번씩 돌려보고 있습니다!]

그러면서 배틀튜브 화면을 띄우는 칼레인.

거기엔, 적색의 관리자가 세계수 연합을 제압하는 광경이 생생하게 나오고 있었다.

“그 영상, 어떻게 입수했지?”

성지한은 영상 녹화를 하지 않았고.

세계수 연합은 자기들이 당하는 걸 저렇게 생생하게 외부에 공개할 것 같진 않은데 말이야.

그가 그렇게 묻자, 칼레인이 머리를 들어 답했다.

[배틀튜브의 제보자 W 채널에 공개되어 있습니다!]

“제보자 W?”

[네!]

성지한의 물음에, 칼레인은 제보자 W 채널을 띄웠다.

화제의 영상이 수두룩한, 제보자 W 채널.

근래 가장 인기 있는 건, 역시 적색의 관리자가 세계수 연합과 맞붙는 영상이었다.

‘흠. 이 영상, 모두 수비 측 엘프들 시점으로 찍은 거네.’

이거 세계수 연합 쪽에서 흘린 건가.

한데 베스트 댓글에서는.

—영상을 찍은 당사자입니다. 이거 세계수 연합에서만 공유하고 있는 영상인데, 어떻게 이걸 입수한 겁니까? 당장 내려 주십시오.

세계수 연합 엘프들이 모두 영상 어떻게 입수했냐며, 당장 내리라고 항의를 하고 있었다.

“여긴 어떻게 이 영상을 구한 거지?”

[제보자 W. 주인님이 봉인된 후, 일 년이 지난 후부터 배틀튜브에서 화제가 된 채널입니다. 이번 건처럼, 미공개 영상을 입수해서 터트리는 걸로 유명합니다.]

“흠.”

봉인된 후, 1년 뒤 나타난 채널이라.

그러고 보면, 배틀튜브는 원래 백색의 관리자 관할이었지.

그리고 이 채널은, 미공개 영상만 쏙쏙 입수해서 터뜨리고.

‘W…… 설마 화이트라서 W인가?’

[그런 거 같군. 다른 곳도 아닌, 세계수 연합의 미공개 영상을 입수할 정도면. 백색의 관리자 정도가 아니면 안 된다.]

'상시 관리자란 놈이 뭐 저런 짓거리를 하고 있냐.'

[봉인된 상태니 그렇겠지. 거기에 저렇게 뻔히 보이는 이름으로 채널을 운영하는 걸 보면, 나에게 보내는 신호일 수 있다. 채널을 통해 연락을 하라는.]

'할 생각 있냐?'

[전혀. 상당히 까다로운 클라이언트거든. 백색은.]

제보자 W 채널.

다음에 한 번 면밀히 살펴봐야겠군.

성지한은 그렇게 생각하곤, 손을 내저었다.

"알았다. 꺼라."

[네!]

지이잉…….

그렇게 배틀튜브 화면을 끈 칼레인은.

바닥에서 성지한을 올려다보았다.

[주인님, 그러면…… 외람되오나 붉은 군대의 열병식을 진행해도 되겠습니까?]

"붉은 군대?"

[예, 제가 주인님이 귀환하시는 날만 기다리며 양성한 군대입니다!]

그러면서 칼레인이 주변을 한 바퀴 돌아보자.

스스스스…….

일어나 있던 언데드 군단들의 뼈 색깔이, 일제히 붉게 물들기 시작했다.

착. 착.

그러면서 오와 열을 갖추는 언데드들.

각자 크기가 제각각인 걸 감안하면, 꽤 엄정한 군기를 자랑했다.

'뭐, 꽤 강력하긴 하다만.'

고위 성좌가 심혈을 기울여 만든 군단이라 그런지, 행성 몇 개쯤은 가볍게 쓸어버릴 듯한 언데드 군단.

하지만.

"이거로 세계수 연합이랑 싸울 수 있나?"

[그, 개척 행성 한 개 정도는…….]

"요즘은 5분 안에 포탈 타고 구원군 오던데."

[그러면 같이 자폭하겠습니다!]

개척 행성이라면, D급 세계수가 있는 곳.

성지한이 그냥 가볍게 들러서 없애는 동네였지만.

칼레인의 군단은 그거 하나 파괴하려면 전멸을 각오해야 했다.

'연합이 세긴 세단 말이지.'

성지한에게 떼로 쓸려 버린 고엘프만 해도, 칼레인과 비슷한 수준의 성좌들도 적잖았으니까.

칼레인의 군단으로 저길 공격하는 건, 계란으로 바위 치기나 다름없었다.

"싸울 생각 하지 말고, 그냥 정찰이나 해라."

[정찰…… 말입니까?]

"그래. 세계수 연합의 행성 위치나 더 파악해 봐."

[알겠습니다. 그런데…… 외람되오나 한 말씀 더 드려도 되겠습니까?]

"해 봐."

[저희 붉은 군대가 못 미더우신 것…… 당연합니다. 연합과 대적하기엔 너무나도 약하니까요.]

"그렇지."

[그래서, 제게 다른 방식으로, 세계수 연합에게 피해를 입힐 만한 묘안이 있습니다!]

다른 방식?

"그게 뭐지?"

[그건…… 인류 침공입니다!]

딱. 딱.

칼레인은 그러면서, 이빨을 맞부딪쳤다.

* * *

지이이잉…….

칼레인의 눈에서 빛이 나오더니, 곧 푸른 행성.

지구가 떠올랐다.

[인류는 현재 세계수 연합의 식민지 상태입니다. 세계수 연합이 인류에게서 노리는 건, 주인님에게 대항하기 위한 능력 청…….]

그러면서 지구의 안쪽.

서울 방면에, 세계수가 모습을 비췄다.

[주인님께서 이곳을 노리지 않는 데는, 분명 이유가 있으시겠지요. 대신 저희 붉은 군대가, 지구를 침공하겠습니다. 청의 자원이 될 인류를 없애 저들의 계획을 저지하겠습니다!]

그러면서 칼레인은 음산하게 웃었다.

[후후…… 사실 이미 던전 포탈 너머에는 저희 붉은 군대가 일부 잠입한 상태입니다…….]

"뭐? 벌써 잠입했다고?"

[예. 원래는 주인님의 귀환 소식을 듣고, 지구에서 공을 세운 후 뵈려 했습니다만…….]

"하지 마."

[잘되었습니다. 명령만 내려 주시면…… 네?]

"하지 말라고."

딱…….

신나서 입을 놀리던 칼레인이 이빨을 부딪치다 말았다.

"저거, 일부러 검이 완성되길 기다리는 거다."

[그, 그렇습니까.]

"그래. 그러니까 일 망치지 말고 정찰 업무나 봐."

[아…… 그, 그럼 이건 어떻습니까?]

지구 침공 프로젝트가 좌초되자, 황급히 새로운 계획

을 이야기하는 칼레인.

[브론즈 리그의 신참자들을 일제히 침공, 언데드 화하여…….]

계획 설명은 장황했지만.

간단히 정리하면, 배틀넷의 신참 행성을 털어서 언데드를 마구잡이로 양성하고 이들을 연합에 들이받겠다는 것이었다.

철저하게 약한 종족들을 언데드로 만들어서, 자폭 부대로 쓰겠다는 플랜.

[그런 걸 하다 보면 성좌 자리 박탈당할 텐데…… 그래도 버리는 패에 쓰기엔 나쁘지 않군.]

적색의 관리자는 그런 칼레인의 계획을 괜찮다고 평가했다.

당사자가 성좌 자리 박탈당해도 상관없다고 나오니까.

하나.

"그냥 정찰만 해라. 허튼짓하지 말고."

성지한은 이 계획에 단호하게 선을 그었다.

신참자 종족들 언데드로 만들어서 자폭시켜 봤자, 연합 놈들이 뭐 얼마나 피해를 입겠나.

괜히 애꿎은 이들까지 이 싸움에 끌어들이고 싶진 않았다.

[…….]

그리고 그러한 대답에, 잠시 침묵을 지키던 칼레인은.

슈우우우…….

머리를 허공에 띄우더니.

빙글빙글 회전했다.

[……너, 머리 아니야?]

"뭐?"

[머리 맞지 너?! 주인님이라면, 얼마든지 날 버리고 신참자들을 학살해서 이 계획을 진행하셨을 거라고!]

확실히, 적색의 관리자도 아까 버리는 패에 쓰기엔 나쁘지 않다고 했지.

적색의 종 된 지 얼마나 됐다고, 주인 마음 확실히 알고 있네.

성지한이 어처구니가 없어서 잠시 대답을 하지 않자.

쩌어억!

[머리야! 주인님을 돌려줘!]

칼레인은 입을 쫙 벌리곤, 성지한을 물려고 달려들었다.

하나.

"……미친놈인가 진짜?"

스윽.

성지한이 손가락을 내리자, 그대로 땅에 떨어지는 해골머리.

공간을 완전히 장악한 그에게, 칼레인이 뭘 하려 한들 통할 리가 없었다.

[꽤 충성스럽군그래.]

"세뇌를 어떻게 한 거냐 너?"

[그에겐 딱히 세뇌를 심하게 하지 않았다. 그저 나와 추구하는 목표가 비슷하기에, 같은 길을 가자고 했을 뿐…… 저 충성은, 반절 정도는 진심에서 우러나온 거다.]

"어쨌든 반절은 세뇌네."

[그렇지.]

성지한이 그렇게 적색의 관리자와 대화하자.

땅바닥에 박혀 있던 칼레인이 급히 말했다.

[머, 머리. 너. 누구랑 대화해. 설마 주인님이랑 하는 거야?]

"그런데?"

[뭐, 뭐야. 청과 적은 원수 아니었어…… 왜 그렇게 친한 건데??]

"친하긴 누가 친하냐."

성지한이 그리 대꾸하자.

[후후. 우린 한 몸 아닌가.]

적색의 관리자는 여유롭게 웃으며 말했다.

[내가 잠시 직접 소리를 내도 되겠나? 저 녀석. 제어할 필요가 있겠어.]

"그래."

성지한의 허가가 떨어지자.

지이이잉…….

청홍에서 붉은빛이 번뜩였다.

[죽은 별의 성좌여.]

[주, 주인님…….]

[그래. 청색의 관리자는 혁명의 기수가 될 몸. 그를 나처럼 생각하고 따르라.]

혁명의 기수?

뭔 소리야 이건.

성지한은 미간을 찌푸렸지만.

[아아, 그렇군요…… 역시 내가 머리로 삼으려고 했던 몸……! 알겠습니다. 그를 따르겠습니다!]

칼레인은 혼자 감동하면서, 연신 따르겠다고 외치고 있었다.

그리고 그가 그리 소리치자.

척. 척.

주변의 언데드들도 모두 성지한을 향해 무릎을 꿇었다.

[그러면 뒤를 맡기겠다.]

스스스…….

청홍에서 붉은 눈이 사라지자.

[주인님의 음성, 평생 기억하겠습니다……!]

벅찬 음성으로 적색의 관리자를 기리던 칼레인은.

스스스스…….

다시 공중으로 떠올랐다.

[머리야, 머리야. 그럼, 진짜 나 정찰만 해?]

주인님 소리 할 때랑 비교하면, 다시 가벼워진 말투.

성지한은 빙글빙글 도는 해골 머리를 보며 피식 웃었다.

"말이 짧다?"

[우린 친구잖니!]

"친구는 무슨."

[에이, 그러지 말고. 그래. 나 좋은 정보 알고 있어!]

"좋은 거 뭐?"

성지한은 별 기대 없이 물었지만.

[걔네, 청색의 대기란 거 만들고 있는데…… 혹시 알아?]

"자세히 말해 봐."

청색의 대기.

'길가메시의 파편'과 관련된 정보가 나오자, 눈을 반짝였다.

* * *

[예전에, 세계수 연합 쪽에서 나한테 의뢰가 온 적이 있었어.]

"걔네가 언데드인 너한테 의뢰를?"

[길가메시란 놈을 살리려 하는데, 사령술로도 테스트

하고 싶다고 했지.]

성지한은 저번에 얻었던 길가메시의 파편을 떠올렸다.

성지한을 닮은 세 머리에 심어져 있던 파편은.

그에게 기프트 청색의 대기를 부여해 주고, 이걸 업그레이드까지 해 주었지.

이로 인해 늘어난 스탯 청의 상한선은 +30.

현재 능력의 향상을 위해선, 기프트 '청색의 대기'의 등급을 올리는 게 급선무였다.

"근데 살리는 건 녹색의 관리자 전문 아니냐? 잘도 너에게 의뢰를 했군."

[그쪽은 나와 루트가 완전히 반대잖아? 길가메시의 몸 일부만 주고, 내 능력을 테스트해 보더라고. 사실 의뢰받을 때만 해도 길가메신지도 몰랐어. 살점 하나만 보냈으니까.]

"살점만?"

[어. 그걸 다 내가 분석해서 알아낸 거지.]

그거 가지고 알아낸 것도 대단하군.

성지한이 고개를 끄덕이자, 칼레인이 머리를 갸웃했다.

[근데 너, 어째 좀 아는 눈치다? 그다지 안 놀라는데.]

"연합의 연구실 털다가 길가메시의 파편 하나 얻긴 했어."

[아, 그래? 그럼 혹시 그 연구실 위치가, '우주수의 뿌

리' 계열 행성이었어?]

"아니. 그 정돈 아니었지."

우주수의 뿌리.

이그드라실이 관리자가 되기 전, 성좌 시절부터 복속해 두었던 행성으로.

최소 S급 세계수가 위치한 장소였다.

'저번에 한 번 쳐들어갔다가, 꽤 거센 저항에 직면했지.'

물론, 거기서 가장 큰 문제는.

S급 세계수를 흡수하다가 적을 초과 흡수한 거였지만.

그래서 그 후로 우주수의 뿌리 행성보다는, 그 아랫급 행성을 털기로 결정을 내렸는데…….

"네가 아는 연구실은, 우주수의 뿌리에 있냐?"

[어. 의뢰 해결하고 살점 다시 세계수 연합에게 반납할 때, 위치가 거기였어.]

"흠. 거긴 준비 좀 하고 쳐들어가야겠는데."

저번에 털었던 우주수의 뿌리는, 애초 타깃이 세계수였으니 목표를 달성하는 게 쉬웠지만.

이번에는 길가메시의 파편을 찾아야 하는 만큼, 거기서 시간을 더 끌릴 터였다.

그럼 치고 빠지기가 쉽지 않아, 이그드라실이 직접 강림할지도 모르니.

지금처럼 옆 동네 가듯 포탈 타는 게 아니라, 면밀한

준비가 필요했다.

[바로 우주수의 뿌리로 쳐들어가는 것보다는, 다른 연구소에서 파편을 더 찾아보는 걸 추천하지. 이그드라실의 방어 태세, 분명히 저번보다 강력해졌을 것이다.]

"그러는 게 좋겠군. 칼레인, 아까 알아낸 연구실 위치나 알려 줘."

성지한의 말에.

칼레인의 눈에서 빛이 반짝이더니, 행성 좌표가 떠올랐다.

[여기가 내가 다시 살점 돌려준 좌표야.]

"그래. 여기 외에도……."

그러면서 성지한은 예전에 게시판에서 캡처했던 세계수 연합의 좌표 모음집을 보여 주었다.

"이 행성들 말고, 세계수 연합 소속 행성 위치 아는 거 있으면 알려 주고."

[아. 알았어. 내가 수소문해서 알아볼게. 그럼…… 머리 너 배틀넷 통신 되나?]

"기능 일부는 복구했는데, 통신은 안 돼. 종종 들릴 테니 그때 넘겨줘."

[그래, 머리야. 준비하고 있을게.]

그렇게 칼레인에게 조사를 부탁한 성지한은.

'이제 김지훈에게 그림자를 심어야겠군.'

여기서의 일을 일단락하고는, 지구로 다시 돌아갔다.

* * *

펜트 하우스의 거실.

“와, 그러니까 그림자여왕이 저 남자 하프 엘프를 만든 장본인이네?”

“……어쩐지. 그 이후로 나도 피하더니. 그런 일을 했었구나.”

성지한이 가족들에게 그림자여왕 사태에 대해 이야기하자.

그들은 어이없단 표정을 지었다.

“여왕 실망이다, 진짜…….”

“그래서, 그림자여왕은 어떻게 했니?”

“여왕의 혼은 봉인했고, 그림자만 내가 쓸 거야.”

“그림자만?”

“응. 김지훈의 몸에 심으려고.”

그러면서 성지한이 손바닥을 펴자.

스스스…….

검은 연기가 그 위로 살살 피어올랐다.

“그거 심으면 어떻게 되는데?”

“내가 원정 나간 사이에도, 김지훈의 몸을 컨트롤할 수 있겠지.”

“아하. 근데 그 그림자기운, 그 몸에선 들키지 않을까?”

"네가 넣은 공허에 심을 거야."

마침 윤세아가 김지훈의 청검에 불어넣었던 공허.

그 안에 그림자기운을 불어넣으면, 김지훈의 몸을 아무리 뒤져도 이게 있는지 알아내지 못할 것이다.

"그럼 작업 좀 하러 갈게."

"응. 다음에 봐, 삼촌."

그렇게 성지한은 아래 방으로 되돌아가서, 엘프 호위부터 살폈다.

김지훈 쪽을 계속 바라보곤 있지만, 동공이 살짝 풀린 그녀.

'환염 효과는 잘 적용되고 있군.'

이제 쟤는 신경 안 써도 되겠어.

성지한은 그리 생각하며.

김지훈의 머리에 손을 가져다 대었다.

스스스스…….

그러자, 손을 통해 전해지는 검은 연기가 그에게로 스며들고.

'바로 되네.'

그림자를 통한 김지훈의 감각 공유가, 확실하게 진행되었다.

지금까지는 그의 몸에 들어가서 그를 조종해야 했지만.

이제는 심어 둔 그림자를 통해, 멀리서도 간접적으로

할 수 있게 된 성지한.

'멀티태스킹을 하는 게 좀 어색하긴 하군.'

컨트롤 자체는 할 만했지만.

나 이외에 사람을 조종한다는 감각 자체가, 그는 영 익숙하지가 않았다.

그래도, 이중생활을 위해선 이거 적응해 나가야겠지.

그렇게 1시간 정도, 감각 공유를 통해 두 몸을 움직여 보던 그는.

'이제 조종 자체는 감이 잡혔고.'

이제 한 단계 더 나아가보기로 했다.

'세계수 행성 털면서, 동시에 움직일 수 있어야 의미가 있지.'

지금은 바로 곁에서 조종했지만, 과연 실전에서도 잘 조종이 될까.

성지한은 그걸 테스트하기 위해, 이제는 스탯 적 충전소나 다름없는 D급 세계수를 털러 가보았다.

'이거…… 쉽지 않네.'

확실히 거리가 어마어마하게 떨어져 있어서 그런가.

그림자를 통해 감각을 공유받는 건, 바로 옆에서 하는 것과는 차원이 달랐다.

성지한이 의도한 건 김지훈이 침대에서 일어나, 걸어 보는 것이었지만.

쿵……!

그는 몸을 일으키다 말고, 침대에서 바닥으로 굴러떨어졌다.

그리고 바닥에서 떨어진 후에도, 제대로 서려 할 때도.

콰당……!

발로 일어나는 게 아니라, 두 손바닥으로 물구나무서기를 하려다 다시 뒹구는 김지훈.

'너무 멀어서 그런가. 신호가 제대로 안 가는 느낌이네, 이거.'

이거, 서서히 거리를 늘렸어야 했나.

성지한은 그렇게 대기권에서 가만히 둥둥 떠 있는 채로.

김지훈의 조종에만 열중했다.

그렇게 하길 30여 분 지났을까.

'……엘프한테 환영 걸길 잘했네.'

김지훈은 아직도, 바닥에서 똑바로 서질 못하고 있었다.

방바닥을 하도 뒹군 덕에 난장판이 된 주변.

회복력 좋은 하프 엘프의 몸뚱어리에도 어느새 시퍼런 멍이 여럿 보이고 있었다.

이 짓거리를 엘프 호위가 똑바로 쳐다봤으면, 진작 개입했겠지.

'이러면 그림자 괜히 심은 건데.'

지구에서 조종 잘되어 봤자, 솔직히 무슨 의미가 있나.

이렇게 원정 나갔을 때도 감각 공유가 제대로 잘되어

야, 그림자 심은 보람이 있지.

성지한이 그렇게 테스트에 난항을 겪고 있을 때.

[……도와줄까?]

성지한 본체가 지닌 그림자에서, 익숙한 음성이 들려왔다.

"그림자여왕? 넌 봉인되었을 텐데."

성지한은 인벤토리를 열어 보았다.

그러자 거기엔, 봉인된 여왕의 혼이 확실하게 제자리에 있었다.

'혼이 봉인되었어도 잔재가 남아 있는 건가.'

끈질긴 녀석이군.

이럼 그냥, 그림자 포기하고 다 없애 버릴까.

성지한이 그리 생각할 때.

[주인, 난 아리엘이다. 기억, 안 나는가?]

그림자는 자신의 정체를 밝혔다.

"……네가 아리엘이라고?"

그림자여왕의 분신으로, 성지한의 검 역할을 하던 아리엘.

하나 예전에 그림자여왕을 구출한 후, 그녀는 여왕과 융합하며 소멸했었다.

한때 그녀의 빈자리가 아쉽긴 했지만.

애초에 태생이 여왕의 분신이기에, 그녀가 구출된 이상 이게 정해진 수순이라 생각했는데…….

[여왕님에게 융합된 후, 사라진 나의 의식이 이번에 되돌아왔다…….]

"여왕의 혼이 봉인되어서 그런 건가. 그래도 분신인 네가 이렇게 독립적으로 남아 있을 줄은 몰랐군."

[……나도 의아하다. 기억도 여왕님과 공유했지만, 온전치는 않고.]

그러면서 아리엘이 조심스럽게 말했다.

[그…… 역시 배신자의 분신은 신뢰가 안 가나?]

"흠…… 어떻게 도우려고 했는데?"

여왕의 충실한 분신이었던 아리엘.

그녀를 온전히 믿는 건 무리였지만, 방법 정도는 들을 수 있었다.

[내가 저 분신에 깃드는 방법이 확실하지만…….]

"그건 안 돼. 아직 그렇게 믿을 순 없거든."

[……그렇겠지. 대신 그림자에 보내는 신호를 증폭하겠다. 주인도 요령만 알면 금방 터득할 것이다.]

"그래? 한번 해 봐."

스스스…….

성지한의 허락이 떨어지자, 본격적으로 움직이는 그림자기운.

아리엘이 중간에서 매개체가 돼서, 신호가 증폭되자.

'오, 일어났네.'

땅바닥에서 계속 뒹굴던 김지훈은, 가뿐하게 몸을 일으

켰다.

[이렇게 내가 중간에서 매개가 되면, 멀리서도 감각을 전달받을 수 있다.]

"이거 나랑 방법은 크게 차이가 안 나는 거 같은데……."

[음…… 아마, 쉐도우 엘프인 내가 매개체가 된 게 신호의 안정성을 높이는 것 같다.]

이 말이 사실이라면.

원정 나왔을 때 김지훈을 컨트롤하기 위해선, 아리엘이 필수불가결하단 이야기인데.

'아무래도 지금 당장은 매개체로 써야겠어.'

성지한은 지구의 분신이 잘 조종되는 걸 보곤, 그리 생각했다.

격렬한 움직임은 힘들지만, 걷고 앉는 등 기본적인 움직임은 가능한 김지훈.

이 원격 조종 시스템이 제대로 안착하기 위해선, 아무래도 아리엘을 써야 했다.

"당분간은 같이 가야겠네."

[당분간…… 인가.]

"어쩔 수 없어. 여왕과의 일이 있어서, 100퍼센트 신뢰는 불가능하거든."

[……그 결정, 이해한다. 여왕께서 행한 일은, 그만큼 신뢰를 저버린 일이었으니.]

"기억이 아직 온전치 않다더니, 그 건은 잘 알고 있나 보네?"

성지한의 물음에, 아리엘은 가라앉은 목소리로 대답했다.

[아무래도 그 날은, 여왕께서…… 주인을 배신함과 동시에, 쉐도우 엘프의 구원도 포기하신 날이었으니까.]

"구원마저 포기했다고?"

[그래…… 세계수 연합에게 다시 붙잡힐 위기에 처했을 때. 여왕께서는 자신의 속마음을 직시하셨다. 복수도, 종족의 구원도 사실은 다 허울 좋은 명분일 뿐…… 한 번 연합에게 호되게 고문을 당했던 여왕께서는, 그저 자유롭게 살고 싶으셨다.]

예전에는 그림자여왕이 고문을 심하게 당하긴 했지.

그 일을 겪고 난 후, 쉐도우 엘프를 구원한다는 대의보다는.

개인의 행복을 추구하는 것도 뭐 있을법한 일이긴 했다.

그래도.

"그럴 거면 진작 도망가지 왜 지구에 있었냐? 내 생체 정보는 팔지 말았어야지."

[……그러게 말이다.]

아리엘은 한숨을 푹 쉰 후, 성지한에게 이야기했다.

[어쨌든 나는 그 배신자의 분신이니. 주인이 적당히 매개체로 사용하다가, 알아서 처분하라. 언제든 죽음을 받아들이지.]

죽음에 초연한 게, 본체보단 낫군 그래.

성지한은 고개를 끄덕이곤, 아래를 내려다보았다.

'온 김에 털고 가야겠네.'

D급 세계수.

뭐 얻을 건 적 좀 충전하는 거 밖에는 없지만.

그래도 여기까지 왔는데 그냥 돌아가긴 아쉽지.

적색의 관리자 상태의 성지한은.

슈우우우……!

그대로 세계수 근처로 떨어져 내렸다.

그러자, 거기엔.

"드디어 왔군요."

"적색의 관리자……!"

하이 엘프 100명이 청검을 들고, 방어진을 구축하고 있었다.

그것도.

'……벌써 저 얼굴로, 다 뒤바꾼 거야?'

100명 모두가.

윤세아의 얼굴을 한 채로.

* * *

착.

성지한은 땅에 착지한 후, 100의 하이엘프를 바라보았다.

윤세아의 얼굴을 똑같이 따라 한 그들은, 머리 색도 기존의 금발에서 흑발로 바뀌어 있었다.

그나마 차이점이라곤, 긴 귀와 흑발 속에 섞여 있는 초록색 머리카락뿐.

'대기권에서 그림자를 컨트롤하는 동안 날 감지하고 부대를 파견한 거군.'

지구에 있는 김지훈의 원격 조종이 생각보다 쉽지 않아서, 아리엘이 나오기 전까진 지체되었던 그림자 컨트롤.

시간상으로 보면 총 과정이 1시간도 채 되지 않았지만.

그 정도면 세계수 연합이 군단을 파견하기에 충분한 시간이었다.

'한데 시간적 여유가 많이 주어진 거치곤, 방어 병력이 이거밖에 없네.'

고엘프도 적색의 관리자한테 금방 쓸리는 마당에.

아무리 청검을 들었다 한들, 하이 엘프 100명만 파견하는 건 그냥 이들을 버리는 패로 쓰겠다는 것 밖에는 안 되었다.

D급 세계수가 있는 곳이라 그런가?

전심전력을 다해 막기보다는, 오히려.

'이번 기회에 청검과 윤세아 얼굴로 날 테스트하겠다는 느낌이 더 드는군.'

성지한의 몸을 사용하고 있는 적색의 관리자.

그가 성지한을 완전히 제압하고 있는 건지, 아니면 뒤

흔들 여지가 있는 건지.

세계수 연합 측은 그걸 알아보기 위해, 저 하이 엘프에 청검을 조합하여 파견한 것 같았다.

어차피 여긴 D급 세계수가 있는 곳이라, 그렇게 목숨 걸고 지킬 필요 없다 이거지.

'흠, 그럼 어떻게 대응을 해 줄까…….'

스으윽.

성지한은 하이 엘프들을 바라보았다.

아무리 저들이 윤세아의 얼굴을 똑같이 닮았다 한들, 어차피 본인이랑 잘만 소통하고 있는 상황에서.

저걸 없애는 건 그에게 전혀 거리낌이 없었다.

하지만.

'청색의 관리자가 깨어날 수도 있다는, 희망 고문을 주는 게 더 나은 거 같단 말이지.'

여기서 재들을 죽여 봤자 얻는 건.

적 100 정도 올려 줄 D급 세계수가 전부였다.

그 대신, 성지한 대신 청을 올려 줘야 할 청검만 100개 파괴되겠지.

거기에 윤세아 형상이 쓸모없는 게 입증되면, 윤세아가 저쪽에서 가질 영향력도 확실히 퇴색될 수밖에 없다.

'여기선 여지를 주는 편이 나중을 위해 낫겠어.'

성지한은 그리 결심하곤, 저들을 향해 손을 뻗었다.

파지지직……!

그러자 일제히 뻗어 나가는 적뢰.

하나, 그 기세는 예전에 비해 확연히 약해져 있었다.

"실드를!"

"검을 통해서 사용하라!"

지이잉……!

그리고, 이를 막기 위해 일제히 떠오르는 보호막에선.

청의 기운이 살짝 맴돌았다.

지지지직…….

하이 엘프 100이 사용한 실드를 뚫지 못하고, 보호막 위에서 맴도는 붉은 전류.

'확실히 청이 적에게 좋긴 하네.'

견제구로 약하게 공격하긴 했는데, 그래도 이렇게 쉽게 막힐 줄은 몰랐다.

아무래도 원래 생각한 거보다 힘 조절을 더 해야겠군.

성지한은 그리 생각하며 적뢰에 힘을 더했다.

그러자.

쩌적. 쩌적…….

적뢰를 방어하던 실드에, 서서히 금이 가기 시작했다.

"역시……."

"최하위 청검으로는, 힘든가."

테스트용으로 파견된 거라 그런지, 검의 성능도 저열한 하이 엘프 군단.

이들은 실드가 부서지는 걸 보고는, 눈을 부릅뜨면서

죽음을 각오하고 있었다.

그리고 얼마 지나지 않아.

파아앗!

적뢰가 실드 한 군데를 정면으로 뚫고, 하이 엘프를 향해 날아갔다.

닿기만 하면, 새까맣게 타다 가루가 될 붉은 전류.

전방에 있는 하이 엘프는 자신도 모르게 눈을 감으며, 죽음을 각오했지만…….

"……어?"

적뢰는 그녀의 얼굴 앞에 멈춰 선 채, 붉은빛을 발하다가.

파스스…….

연기만 남긴 채 사라졌다.

"……."

그리고, 적뢰를 뻗었던 적색의 관리자는.

말없이 자신의 손을 바라보다가.

휙!

모습을 감추었다.

"어디 갔지……."

"세, 세계수다!"

그의 모습을 찾던 엘프 중 하나가 뒤를 가리키자.

거기엔, 하이 엘프와의 정면충돌을 피한 적색의 관리자가 검을 세계수에 꽂고 있었다.

힘을 조금만 더 쓰면, 100 하이 엘프 따위 대번에 태워 버릴 수 있음에도.

굳이 그러지 않고, 세계수를 흡수하러 간 적색의 관리자.

슈우우우…….

그리고 그의 검에, 세계수가 빨려 들어가 사라지자.

"……."

그는 다시 한번 하이 엘프 쪽을 바라보더니.

스스스…….

곧, 모습이 완전히 사라졌다.

"……분명히, 아까 우리를 죽일 수 있었는데."

"안 죽였어."

그런 적색의 관리자를 보면서, 하이 엘프들은 혼란스러운 얼굴로 서로를 바라보았다.

분명히 하이 엘프의 얼굴에 닿기 전, 사라졌던 적뢰.

"정말 이 얼굴…… 때문인가?"

그리고.

이날의 결과는 곧, 연합의 본부로 바로 보고되었다.

＊ ＊ ＊

세계수 연합의 원로원 본부.

상석에 앉아 있는 이그드라실은, 흥미로운 눈으로 영상을 바라보았다.

"큰 기대는 하지 않았는데…… 적색의 관리자, 정말로 주저하네?"

"그렇습니다."

"청색이 아직은 완전히 소멸하지 않았나 봐?"

이그드라실은 손가락으로 머리카락을 빙글빙글 돌리며 생각에 잠겼다.

적색의 관리자 정도면, 청색을 완전히 장악할 줄 알았는데.

그가 성지한의 몸을 쓰는 게 이상하다 싶더니, 아직 완벽하게 융합이 되지 않은 건가.

"하지만 저 행동도, 적색의 관리자가 흉계를 꾸미는 중일 수도 있습니다."

"물론, 모든 가능성을 열어 놓고 생각해야지. 그래도 확실한 건."

탁. 탁.

이그드라실은 화면 속, 청검을 가리켰다.

"스탯 청은 확실히 쓸모가 있어. 관리자의 공격을 한 번이나마 막았으니까."

"그렇습니다. 확실히 청은 적에 상극인 능력…… 이번 하이 엘프가 펼친 배리어는 조악한 수준이었는데도, 저런 결과를 도출해 냈습니다."

"그리고 윤세아 얼굴이, 일단 상대를 주저하게 만든 건 맞아."

"그럼 모든 하이 엘프의 얼굴을 그녀처럼 바꿀까요?"

"아니, 너무 남발하면 효과가 반감돼. 확실할 때만 써야지. 그래…… 그러고 보니, 적색의 관리자가 연구실을 탐색한 흔적이 있다고 했지?"

"그렇습니다. 연구실을 포함하여, 쓰레기장까지 침공하여 그림자여왕을 빼냈다고 합니다."

"흠……."

다른 행성에서는 세계수만 흡수하고 사라지더니.

연구실이 있는 곳에선, 꼭 여길 들리는 적색의 관리자.

이그드라실은 잠시 생각하다가, 지시를 내렸다.

"그럼, 일단 연구원들부터 얼굴을 바꿔봐."

"연구원들만…… 입니까?"

"그래. 연구원들한테도 그렇게 주저하는지 알아 봐야지. 그래야 적색의 저 행위가 단순히 연기인지 아닌지, 판명이 될 테니까."

"네, 알겠습니다."

그러면서 이그드라실이 손가락을 벌리자.

지이이잉…….

회의실의 허공에, 커다란 화면이 떠올랐다.

"개척 행성의 철수 준비는 어떻게 됐지?"

"게시판에 좌표가 드러났던 곳부터 진행 중입니다. 일단은 C급 세계수까지 거둬들일 계획입니다만……."

"그래…… 그럼 기존에 비해 얼마나 축소되는 거지?"

"모두 철수하면, 지배 행성이 대략적으로 반 가까이 줄어들 것 같습니다."

"반?"

이그드라실은 눈썹을 꿈틀거렸다.

적색의 관리자라는 희대의 테러범 때문에, 순식간에 지배해 둔 행성 반을 잃게 되다니.

물론, 이건 행성 숫자가 줄어드는 거지 연합의 힘이 반 줄어드는 건 아니었지만.

어쨌든 계속해서 팽창하던 세계수 연합의 영역이, 적색의 관리자 하나 때문에 심대한 타격을 입게 생겼다.

"아무래도 지구에 권능을 더 집중시켜서, 피해가 더 커지기 전에 청검을 완성시켜야겠네."

"권능의 집중이라 하심은……."

"일단, 인류에 청검 숫자를 더 나오게 해야지…… 무슨 수를 써서라도."

그러면서 이그드라실은 조용히 생각에 잠겼다.

그런 그녀의 침묵에, 원로들은 잠시 눈치를 보다가.

다음 보고를 올렸다.

"우주수시여. 그…… 배틀튜브의 제보자 W 채널에, 이번 작전 영상도 모두 올라왔습니다. 내부적으로 확인해 본 결과, 하이 엘프에게서도 유출된 정황은 전혀 없었습니다만……."

"그래?"

"예. 저번 영상 유출 때도 그렇고, 하이 엘프들이 비공개로 녹화만 해 둔 영상이 모두 그리로 흘러가고 있습니다. 특단의 조치가 필요하지 않겠습니까?"

"음……."

이그드라실은 그 말에 제보자 W 채널을 열어 보더니.

바로 미간을 찌푸렸다.

"이쪽은 건드리지 마."

"……네?"

"항의한 것도 취소하고, 그냥 내버려 둬. 이거 배틀튜브 주인이 손 쓰는 거 같으니까."

"배틀튜브 주인이라 하시면……."

"설마, 백색의 관리자께서……."

"그래."

이그드라실의 확답에, 원로 일부가 불안한 얼굴로 말했다.

"백색의 관리자는 예전에 적색의 관리자와 협력 관계 아니었습니까……."

"둘이 다시 손잡으면, 큰 문제가 되지 않겠습니까?"

"그럴 거면, 진작 손을 잡았겠지……."

그녀는 그렇게 대답하면서도.

"그래도 시간을 주면 안 되겠어. 지구에 모든 자원을 집중시켜야지."

"모든 자원이라 하심은……."

"아무래도, 내가 직접 지구로 가야겠어."

혹시나 있을 적과 백의 협력에 대비하기 위해.

청검의 완성을 서두르기로 했다.

* * *

이틀 후.

–깔끔한 승리 축하드립니다!!

–와 김지훈 드디어 승이 패랑 똑같아졌네 ㅋㅋㅋ

–솔직히 앞에 두 패배는 불가항력 아니었음?

–첫 게임에 쓰레기장, 두 번째 게임엔 메테오 엔딩…… 내가 김지훈이었으면 다신 배틀넷 안 했음.

–ㄹㅇㅋㅋ

"역시 이게 정상적인 게임이죠. 저번 두 게임은 왜 그랬는지……."

김지훈의 몸으로 배틀넷 일반 게임을 두 번 진행한 성지한은.

배틀튜브에서 떠오르는 채팅창 메시지에 가볍게 답하고는, 레벨을 확인했다.

'27…… 실버 승급전은 따로 안 하고 오르네.'

원래는 레벨 25때 더 성장하려면 승급전을 거쳐야 했

지만.

남자 하프 엘프는 그런 거 없는지, 레벨이 25 되자마자 소속 리그가 실버로 뒤바뀌며 레벨이 그냥 상승하고 있었다.

'다른 남자 하프 엘프들을 잠만 자고 리그 승급하던데…… 얘네는 그냥 레벨만 충족하면 올려 주나 보군.'

하긴.

이 종족을 인간 플레이어들이랑 같은 리그에 묶어 두기에는, 워낙 성능 차이가 심하긴 했다.

이번에도 맵이 디펜스였는데, 그냥 혼자서 청검 휙휙 휘두르니 좀비 목이 우수수 떨어져 나갔으니까.

'성능으로만 따지면, 골드에서 플레티넘까지 가도 될 거 같은데.'

성지한은 그리 생각하면서 커넥터에서 나오자.

"실버 승급, 축하드려요!"

이하연이 웃으면서 그를 반겼다.

길드 마스터인데도, 매번 김지훈이 게임 할 때마다 와서 인사하는 그녀.

"길드 마스터. 일도 바쁘실 텐데, 이런 일반 매칭 게임 한 판 끝났다고 직접 오실 필요 없습니다만……."

성지한은 김지훈의 입을 빌어 그리 말했지만.

"그럴 순 없죠! 거기에 오늘은, 좋은 소식이 있어서 들렀어요!"

“좋은 소식이요?”

“네. 혹시, 그 이명훈 님…… 아시나요?”

“아. 압니다. 그…… 인간으로 되돌아왔다던 분 맞죠?”

“네네. 그분이 원래는 남자 하프 엘프 중에선 선발주자라 광고 시장에서 상당한 영향력을 보이고 있었는데…… 이번에 인간화되면서, 기존 광고 계약이 모두 백지화되었다고 해요.”

성지한은 그녀의 말을 듣곤, 왠지 이야기의 흐름이 어디로 흐를지 예측할 수 있었다.

“그래서 그 백지화된 계약, 저한테로 제안이 들어온 겁니까?”

“어머, 어떻게 아셨어요? 맞아요. 다들 저희에게 놀랄 만한 제안을 해 주고 계세요.”

최하위 청검 인간 만든 나비효과가, 이런 데서 불어오네.

성지한은 내심 한숨을 쉬었다.

‘귀찮게 무슨 광고냐.’

성지한 시절에도, 초반에 돈 필요할 때 제외하곤 하지 않았는데.

지금 김지훈은 광고를 찍어야 할 필요가 전혀 없었다.

그래도.

‘신참 남자 하프 엘프가 거절하긴 이상해 보일 테니…… 하긴 해도 최대한 줄여야겠군.’

그는 그리 생각하고는, 김지훈의 몸에서 일단 빠져나왔다.

그러자, 잠깐 버벅이던 그 몸은.

다시 원활하게 입을 움직였다.

"광고…… 이왕 하는 거. 최고급 대우를. 원합니다."

"아, 아. 그렇죠? 역시. 지금 총독부 공인 특별 관리 대상이신데, 당연히 그렇게 해야죠!"

"협상 조건. 더 끌어올려. 주세요."

"네, 제가 확실히 최고급 대우 받아 올게요!"

'이제 일상 대화까지는 원격 조종이 가능하군.'

말이 살짝 끊기긴 하지만, 그래도 대화가 되는 원격 조종.

성지한이 그렇게 일부러 김지훈의 밖에서 그를 컨트롤하고 있을 때.

[청색의 관리자여. 임시 배틀튜브 계정, 만들었다.]

그에게, 적색의 관리자가 말을 걸어왔다.

[이제 제보자 W 채널로 접속이 가능하다. 이 계정으로 접속하겠는가?]

'그래야지.'

백색의 관리자의 향기가 진하게 나는 제보자 W 채널.

여길 들어가려면, 배틀튜브 계정이 필요했다.

그것도, 일반적으로 만든 계정이 아니라.

성좌 급만이 지닐 수 있는, 높은 등급 계정이.

청색의 관리자 성지한은, 배틀넷 시스템에서 밴 당한지라 계정이 박탈된 상황.

적색의 관리자는 아이디가 필요하다고 하니, 이를 금방 만들어왔다.

'진짜 전투 빼곤 다 해 준다니까.'

성지한은 그리 생각하며, 적색이 만들어 준 계정으로 배틀튜브에 접속했다.

4장

4장

위조 계정을 통해 접속한 제보자 W 채널.

채널의 첫 화면은 다른 일반 채널과 큰 차이가 없었다.

하지만.

[역시, 백색의 관리자가 운영하던 것이었나.]

성지한과는 달리, 적색의 관리자는.

채널 첫 화면을 보자마자 이게 백색의 관리자가 운영하는 거라고 파악했다.

'어떻게 알았지?'

[첫 화면에서부터, 나에게 신호를 보내고 있다. 보아라.]

스스스…….

성지한의 두 눈에 적의 기운이 감돈다 싶더니.

새하얀 배경 화면에서 글자가 떠오르기 시작했다.

[연락해라, 적색이여]

[나 없이는 네 일도 실패할 터이니]

[네가 협력하면 흑색의 관리자도 상대할 수 있다]

[청색의 관리자를 통제하고 싶은가? 내가 도와줄 수 있다]

[넌 내가 필요하고, 나도 네가 필요하다]

새하얀 배경 화면에서 어지럽게 떠 있는 글자들.

죄다 적색 보고 자기한테 오라는 메시지가 대부분이었다.

글자는 그렇게 자기보고 오라는 내용을 토대로, 유동적으로 바뀌더니.

[대기 시간이 길구나]

[설마 글자가 보이느냐?]

[혹시 너, 적색인가]

[이 좌표로 오라. 여기서 접선하자]

성지한이 첫 화면에서 가만히 대기하고 있으니, 이젠 접선 좌표까지 알려 주고 있었다.

'얘 좀 집착 쩌는데?'

[헤븐넷을 그도 나처럼 원했으니까.]

'상시 관리자면 자기가 이 세계의 절대자인데, 왜 굳이 바꾸려 들지?'

[절대자라기엔 흑색의 관리자가 있지 않느냐. 거기에,

백색은 무한한 에너지원을 통해 하고 싶은 일이 있는 것 같았다.]

'흠…… 그렇군. 그래서 넌 갈 생각은 없고?'

[전혀 없다. 그는 결국 나의 작품을 가져갈 생각이니까. 그러느니 여기에 있는 게 낫지.]

백색의 관리자의 만나자는 호소에도, 전혀 흔들림이 없는 적색.

아무래도, 청홍 안에 계속 있을 모양이군.

'그럼, 메시지는 못 본 척하고 채널 구경이나 해야겠군.'

성지한은 그리 생각하면서 재생 목록을 살펴보았다.

예전에 다룬 건 소소한 가십거리 위주였다면.

요즘은 죄다 적색의 관리자와 세계수 연합 간의 충돌을 다루고 있었다.

'와, 이틀 전 것도 올라와 있네.'

저번에 윤세아 얼굴을 한 하이 엘프와 충돌한 영상까지, 빠짐없이 등록되어 있는 제보자 W 채널.

–어…… 적색의 관리자 왜 저 엘프 살려 줘?

–세계수만 먹고 사라졌네.

–예전에는 속수무책으로 당하더니 세계수 연합도 대응 방법이 생기는 듯.

–그래 봤자 세계수는 털렸잖아 ㅋ

―연합에서 개척 행성 철수시킨다던데, 빈 행성이라고 함부로 가서 깃발 꽂진 마라.

―ㄹㅇ 그러다가 이번 일 해결되면 다시 털림.

'연합이 철수하나 보군.'

영상 볼 수 있는 이들이, 성좌급의 계정을 지닌 이들이라 그런지.

리플에선 꽤 고급 정보가 나오고 있었다.

'개척 행성이면, D급 C급 세계수들 있는 곳이었나.'

스탯 적을 채워 주던, 땔감 같던 세계수들.

능력치 떨어질 때마다 가서 충전하는 게 쏠쏠했는데, 연합에서 이를 더 이상 용납하지 않나 보네.

'적 충전용으로 좀 남겨 둘까 했더니…… 다 철수하기 전에, 영원이라도 올려야겠네.'

스탯 영원은 50이 넘으며 성장세가 더뎌져서, 이제 2~3개의 세계수를 집어삼켜야 1 오르는 수준이었지만.

저쪽에서 철수한다니까, 이거라도 올려야지.

성지한은 그리 결심하곤, 또 건질 거 없나 리플을 쭉 바라보았다.

그러자.

―근데 왜 엘프들 댓글 다 삭제함? 왜 우리 영상 유출했냐고 항의했잖아.

–그러게 맨날 자기들끼리 좋아요 눌러서 베댓 차지하더니 ㅋㅋ

–뭔가 합의를 본 건가?

–세계수 엘프들이 일방적으로 영상 털린 건데 합의를? 연합이 그렇게 저자세로 나올 이유가 없는데.

–솔직히 보는 우리야 좋지만, 이 채널 이상하긴 해.

–ㄹㅇ 영상 어떻게 털어 오는 거야? 여기 뒷배가 어마어마한가?

–연합을 물러나게 할 정도면, 상시 관리자급밖에 없는데…….

–상시 관리자? W? 이거 혹시…….

–갑자기 하얀색이 눈에 들어오네요…….

세계수 연합이 물러나게 할 정도의 존재. 배틀튜브와 연관된 곳.

거기에 W라는 네이밍까지.

시청자들은 슬슬 이 채널의 뒷배가 누군지 알아채고 있었다.

'세계수 연합이 물러났다는 게 큰 단서가 되었네. 그리고 연합 쪽에서도 물러난 걸 보면, 그들도 이 채널 주인을 알아챈 거 같고.'

리플에서 얻을 수 있는 정보는 이 정도인가.

성지한은 보던 영상에서 빠져나와 채널 메인 화면으로

돌아왔다.

그러자.

[적색의 관리자여]

[혹시 청을 아직 완전히 지배하지 못했느냐?]

[내가 도와주겠다]

[대가는 필요 없다 그 무엇도 요구하지 않겠다]

[만나기만 하자]

하얀 배경 위로 또다시 메시지가 뒤바뀌어 있었다.

어떻게든 적색의 관리자 한번 만나 보려고, 메시지를 계속 생성해 내는 상대.

'징글징글하군그래.'

[백색에게 갈 생각이 없다는 내 심정, 이해가 가나?]

'어.'

이런 놈한테 다시 후원받을 생각, 나 같아도 안 들겠네.

성지한은 고개를 끄덕이곤 화면을 껐다.

'근데 봉인된 상태에서 이렇게 활동해도 되는 거냐?'

[원칙적으로는 안 되겠지. 하나 백색의 관리자도 호락호락한 상대가 아니니. 봉인의 빈틈을 비집고 활동하는 것일 터다.]

'흠. 그럼 백색이 알려 준 좌표, 흑색의 관리자한테 넘겨 버려야겠군.'

지금은 녹색을 상대하는 데 전념해야 할 때.

백색의 관리자가 여기서 변수로 끼어들어서 자꾸 여길 집착하기 시작하면 골치가 아파진다.

[좋은 생각이다. 다만, 그렇게 하면 백색의 관리자도 내가 저걸 읽었다고 인지할 것이다. 그래도 상관없다면 해라.]

적색의 관리자만 알아챌 수 있는 좌표 주소.

한데 거기에 공허 세력이 들이치면, 적색의 관리자가 찌른 거라고 눈치챈다 이건가.

'뭐 어때. 그 정돈 감수해야지.'

어차피 저렇게 집착하는 걸 보니까, 시간 더 주면 어떻게든 저쪽에서 나서서 여기랑 접선할 거 같은데.

그 전에 흑색 보고 봉인 좀 확인하라고 해야지.

'남은 세계수 다 털고, 세아한테 이야기해야겠군.'

성지한은 그렇게 결심하고는, 하위 등급 행성을 털러 이동했다.

* * *

[스탯 영원이 1 오릅니다.]

'드디어 70이 되었군.'

연합의 철수 계획을 듣고는, 그 전에 다 털어 버리자고 결심한 그는.

스탯 영원을 70까지 성장시킬 수 있었다.

[그 많은 행성을 마음만 먹으면 하루 만에 끝낼 수가 있었군.]

'그동안은 아껴 둔 거지. 적 충전소로.'

C급이나 D급 세계수가 있는 행성은.

사실 그냥 들르기만 하면, 손쉽게 흡수할 수 있는 곳이었다.

아무리 저들이 청기사들을 통해, 적색의 관리자에게 대항하려 한들.

원군이 도착하기 전에, 사실 이미 상황은 끝나 있었다.

'이제부터 적을 충전하기 위해선, B급 세계수를 흡수해야겠네.'

그리고 그 정도 급부터는, 지금처럼 손쉽게 쳐들어갈 순 없겠지.

스탯 적, 예전처럼 펑펑 써서는 안 되겠네.

성지한은 그렇게 생각하곤, 오늘은 이쯤 하기로 했다.

스스스…….

그가 다시 지구로 귀환하여, 집으로 돌아오자.

[주인…… 아까처럼 좌표가 너무 움직이면, 아무래도 그림자의 조종이 쉽지 않다.]

그간 조용하던 아리엘이 말문을 꺼냈다.

'그래? 좀 여러 군데 가긴 했지. 오늘.'

[아까도 몇 번이고 넘어졌다. 엘프 감시자의 눈을 가려

서 망정이지. 다음에도 그렇게 여러 군데를 침공할 상황이면, 김지훈을 집 안에 두는 걸 추천한다.]

'그래야겠네.'

아무리 아리엘을 매개로 조종한다고 해도, 너무 잦은 좌표 변경은 힘든가 보군.

성지한은 그 말에 고개를 끄덕이곤, 위층으로 올라갔다.

그리고 그가 실체화를 하자.

"아, 삼촌. 왔어?"

스으윽.

윤세아가 방문을 열고는 거실로 나왔다.

"나 아까 삼촌 얼굴 보러 아래층 들여다봤는데, 김지훈 혼자 넘어졌다 일어나는 거 반복하더라."

"그래?"

"응. 엘프 호위는 멍한 눈으로 그거 보고만 있고…… 뭔가 기묘한 장면이었어."

"그림자 조종은 아리엘 덕에 정착했는데, 이번에 좀 여러 군데 가서 그랬어."

"응? 아리엘? 아리엘이 왜 나와?"

윤세아는 눈을 깜빡였다.

그러고 보니 그림자여왕 봉인한 이야기는 했지만, 그 뒤에 아리엘이 등장한 건 모르겠네.

스스스…….

성지한이 그림자기운을 바닥에 피어올리자.

거기서 쉐도우 엘프가 모습을 드러냈다.

"오랜만이다, 세아."

"음, 여왕은…… 아니지? 생긴 게 똑같아서."

"여왕님은, 완전히 봉인되셨다."

"그치만…… 아리엘도 여왕 분신 아니었어? 어떻게 돌아왔지?"

"나도, 자세히는 모르겠다. 지금은 주인을 도울 뿐."

"흐음."

아리엘의 복귀를 보고도, 윤세아는 예전처럼 반기기보다는.

그녀를 면밀히 살피고 있었다.

아무래도 여왕이 제대로 뒤통수를 쳐서 그런지.

그녀의 분신인 아리엘도, 신뢰하진 않는 눈치였다.

"뭐, 지금은 내 지배하에 있으니까. 너무 그런 눈으로 볼 필요는 없어. 그리고 김지훈 원격 조종에 있어서도 그녀의 역할은 꼭 필요하고."

"그래? 근데 아까 엄청 넘어지던데."

"오늘 행성 100개 넘게 털어서 그래."

"100개…… 넘게?"

윤세아는 그 숫자를 듣곤, 눈만 깜빡였다.

하루에 그렇게 터는 게 가능한 수치였어?

"와, 진짜 관리자는 급이 다르구나."

"뭐, 개척 행성 다 털었으니. 앞으론 이럴 일 없을 거야. 그것보다."

성지한은 아리엘을 다시 손에 복귀시키곤, 본론을 꺼냈다.

"너 흑색의 관리자에게, 메시지 전달 가능해?"

"응, 메신저를 통해서 전달은 되지. 다만 답을 듣는 건 별개의 문제지만."

"흠, 그래? 백색의 관리자가 활동 중인 건, 답을 들을 만하지 않나?"

성지한의 말에, 윤세아가 눈을 크게 떴다.

"백색의 관리자가 활동 중이라고……."

"그래. 너도 볼 수 있지 않나? 제보자 W 채널."

"제보자 W?"

성지한의 말에, 윤세아는 배틀튜브를 틀어 이 채널을 검색해 보았다.

그리고, 가장 최신에 올라온 영상을 보고 눈살을 찌푸렸다.

"뭐야. 이 하이 엘프들…… 다 내 얼굴을 하고 있네? 벌써 성형한 거야?"

"어, 일단은 내버려 뒀지."

"으으…… 너무 똑같아서 기분 나쁘네. 얘네."

윤세아는 자기랑 똑같이 생긴 엘프들을 보다, 리플을 확인했다.

"오…… 성좌들 추리, 일리가 있어. 연합이 철수할 정도면, 뒷배가 백 아니면 흑일 테고. 배틀튜브는 백의 영역이니 백색의 관리자가 움직였다는 거네."

"그래."

"근데…… 이 정도면 흑색의 관리자께서도 알고 묵인해 주신 거 같은데? 성좌들도 눈치챈 걸 흑색께서 모를 리는 없으니까."

채널 여는 거 정도는 봉인되어도 허용 범위라 이건가.

하긴.

그러니까 저렇게 대놓고 활동하는 거겠지.

"하지만, 적색의 관리자보고 접선 좌표를 보내는 것까진 허용이 안 되겠지."

"접선 좌표……."

"그래. 네가 연 배틀튜브에서도 보이네."

윤세아가 틀은 배틀튜브에서도, 똑같이 나오는 접선 좌표.

성지한은 그 주소를 써서 그녀에게 보여 주었다.

"자꾸 나보고 이리로 오라고 하는데, 봉인 제대로 된 거 맞냐고 확인 좀 해 줘."

"아, 알았어. 이건 문제가 되겠네. 바로 메신저에게 보낼게."

윤세아는 성지한이 보여 준 좌표를 그대로 메신저에게 전달했다.

그리고.

"엇, 답변이 오려나 봐. 잠깐 기다리래."

"알았어."

소파에 앉아 잠시 대기하자.

메신저에게 짤막한 메시지가 도착했다.

[확인 결과, 협정을 위반한 것을 발견]

[백색의 봉인, 천 년 추가]

"……벌써 일 처리 끝났어?"

"응. 직접 나서셨나 봐."

흑색의 관리자가 강하긴 하네.

그 짧은 시간에, 일 처리 다 끝내고 봉인 천년 추가라니.

"그래도 채널은 유지되어 있네…… 이건 봐주나 봐."

"봉인 천 년 추가한 게 의미가 있냐 그럼?"

성지한이 피식 웃으며, 윤세아가 다시 떠올린 배틀튜브를 바라보았다.

그러자 거기에선.

아까 적색의 관리자보고 돌아오라, 만나자는 메시지가.

서서히 뒤바뀌고 있었다.

* * *

[네가 지금 무슨 일을 저질렀는지 아느냐?]

[기르던 개가 주인을 물다니…….]

[감히, 감히, 감히!]

처음에는 글자를 뒤바꾸어, 열을 내던 백색의 관리자는.

[접선 좌표는 매일 뒤바뀐다. 그리고 오늘, 이 장소를 알고 흑색의 관리자가 들어왔지…….]

[오늘 접속한 플레이어 중에, 네가 있으렸다?]

[어디 보자꾸나. 채널에 처음 접속한 이 중, 활동 기록이 없는 자…….]

성지한을 역으로 추적하기 시작했다.

[활동 기록까지 만들어 내진 않았는데. 꼬리를 잡히겠군.]

'어차피 임시 계정, 추적당해도 상관없잖아?'

[그렇다. 그 계정이야 폐기하면 되니까. 계정 만드느라 쓴 적만 날아갈 뿐이다.]

그럼 별문제 없네.

스탯 적이야 세계수에 검만 꽂으면 채워지니까.

성지한은 그리 생각하곤, 윤세아에게 말했다.

"세아야, 넌 그 채널 일단 꺼 봐."

"꺼?"

"어, 백색의 관리자가 지금 눈 돌아갔거든. 괜히 너한테도 불똥 튀면 안 되니까. 아, 그러고 보니 너도 배틀튜브 활동 기록 있나?"

"배틀튜브 활동 기록…… 아, 나 예전에 방송 많이 했잖아. 삼촌 사라지고 인류 랭킹 1위 시절엔 내가 탑이었어."

"그럼 넌 용의자에서 제외되겠네. 그래도 꺼 봐."

"응."

삑.

그렇게 윤세아의 배틀튜브 화면이 꺼지자, 성지한이 말했다.

"근데, 백색의 관리자 봉인 너무 헐거운 거 아니야? 봉인 천 년 추가되었다더니, 정작 저놈은 나 추적하겠다고 날뛰고 있네."

"그게…… 메신저가 지금 그러는데. 백색의 관리자를 여기서 더 봉인시키면 배틀넷 통신망이 붕괴가 된다는데?"

"통신망이?"

"응. 배틀튜브도 없어지고. 그래서 배틀튜브 안에 가두는 게 최선이래."

백색의 관리자…… 알고 보니 통신 담당이었나.

그래서 선을 몇 번이고 넘었는데도 솜방망이 처벌을 받는 거군.

"그럼 봉인 아무리 해 봤자 의미가 없네."

"그, 그래도 현실에서 모습을 드러내면 바로 제재를 가할 테니 언제든 신고하래."

"알았어."

배틀튜브 안에서 분탕질 치는 것까진 어떻게 못 해도.

밖으로 나오려고 들면 그때는 처리해 주겠다 이거군.

[아무리 백색의 관리자라고 해도, 배틀튜브 안에선 할 수 있는 일이 한정적이다. 당분간은 그를 너무 신경 쓰지 않아도 되겠군.]

'그건 그래. 밖에서 영향력을 행세하는 게 문제니까.'

성지한은 그리 대답하면서, 문득 생각했다.

'그런데 임시 계정 추적해선, 뭘 할 생각이었을까 그놈?'

[궁금한가?]

'그놈 권능이 어디까진지 궁금해서.'

[임시 계정으로 접속할 생각이면, 지구 밖에서 하는 걸 추천하지. 아까는 내가 접속 위치를 왜곡했지만, 백색의 관리자가 실시간으로 임시 계정을 지켜보면 지구에서 접속한 게 들킬 수도 있다.]

'그래.'

돌다리도 두드려 보고 건너자 이거군.

"나 잠깐 나갔다 올게."

"응, 삼촌."

성지한은 윤세아에게 손을 흔들곤, 포탈을 열었다.

목적지는, 예전에 파괴했던 세계수 연합의 개척 행성.

D급 세계수가 뽑혀 나간 장소는.

성지한이 불태운 장소를 제외하곤, 여전히 생명의 기운이 충만했다.

'세계수가 뽑혀도 여긴, 여전히 생명체가 살 만해 보이는군.'

녹음이 우거진 행성을 보고 성지한이 그리 생각하자.

[애초에 선후 관계가 잘못되었다.]

'왜?'

[세계수로 인해 생명이 발아한 것이 아니라, 생명체가 사는 곳에 세계수가 들어선 거니까.]

'아하, 생명의 기운을 착취하려고 그런 건가.'

[그렇다. 저들이 말하는 '개척'이란, 그런 뜻이지.]

생명체가 못 사는 땅을 개발하는 게 아니라, 그냥 살 만한 땅에 세계수로 말뚝 박는 거군.

하긴, 세계수 연합 놈들 하는 일이 다 그렇지 뭐.

성지한은 그렇게 주변을 잠시 바라보다, 임시 계정으로 배틀튜브에 접속했다.

그러자.

[왔느냐.]

[기다렸다.]

제보자 W 채널에 들어가기 전.

메인 화면에서부터, 글자가 떠오르고 있었다.

* * *

벌써 임시 계정을 적색의 관리자의 것이라고 특정하

고, 미리 와서 대기를 타고 있는 백색의 관리자.

그는 더 나아가.

[접속 좌표는…… 세계수 연합의 행성인가. 여전히 조심스럽구나. 적색의 관리자여.]

성지한이 배틀튜브를 접속한 위치까지 알아내고 있었다.

'확실히 배틀튜브의 지배자라 할 만하군.'

작정하고 타깃을 하나 찍으니, 별걸 다 알아내네.

성지한이 가만히 무슨 말 하나 기다리고 있자니.

[좋다. 내가 양보하겠다.]

[헤븐넷, 공동으로 소유하자.]

백색의 관리자는 선심 쓰듯 그리 이야기하고 있었다.

'……공동 소유가 뭔 양보냐?'

[원래 저런 자다. 백색의 관리자는.]

성지한은 상대의 태도에 어처구니가 없었지만.

정작 적색의 관리자는 익숙한지, 이를 당연하게 받아들이고 있었다.

그리고 계속해서 떠오르는 메시지는, 아까의 것과 비슷해서.

'확실히 배틀튜브에만 갇혀 있으니, 별거 없네.'

백색의 관리자가 딱히 저기서 할 수 있는 게 없다는 사실만 확인해 주었다.

'그냥 꺼야겠다.'

[좋은 생각이다.]

그가 그렇게 백색의 관리자의 한계를 확인하곤, 배틀튜브를 끄려 할 때.

지이잉…….

화면에서, 메시지가 불쑥 떠올랐다.

[좋다. 내…… 더 양보하지.]

[네가 원하는 걸 주겠다.]

'원하는 거?'

그래 봤자 자기가 가지고 있지도 않은 헤븐넷 지분이나 더 떼 주겠다는 거 아닌가.

성지한은 심드렁한 얼굴로, 메시지를 무시하고 화면을 끄려 했지만.

['백색의 관리자'가 스탯 백광白光을 부여하려 합니다.]

[받아들이시겠습니까?]

또다시 떠오른 메시지창은, 성지한의 시선을 끌기에 충분했다.

'백광……?'

새하얀 빛이라.

이게, 백색의 관리자의 스탯인가?

[백광을 부여하려 하다니…… 저자가 나름대로 큰마음을 먹었군.]

'뭐 하는 능력인데 이거?'

[백광은 백색의 관리자가 지닌 고유 능력…… 그리고, 배틀넷 최초의 스탯이다.]

'최초의?'

[그래. 백광이 0번. 공허가 1번이었지.]

'그런가.'

그럼 이 백광이, 배틀넷과 시작을 같이한 능력이라는 건가.

공허보다도 넘버가 앞인 걸 보면, 흑색이 있기 전에 백색이 먼저 존재했다는 거 같은데.

'그렇게 대단한 놈이 왜 흑색한테 발려서 배틀튜브에 갇힌 신세가 되었지?'

[최초라고 꼭 강한 건 아니니까. 힘은 흑색의 관리자가 압도적이다.]

'하긴…… 그래서 이 백광은 어디에 쓰는 거지?'

[그건 나도 모른다. 다만, 백색이 담당하는 영역, 통신과 연관되어 있다고 추측은 했지.]

'흠…….'

통신이랑 연관된 거면, 별로 전투엔 쓸모가 없겠군.

성지한은 그리 생각하며 자신의 상태창을 힐끗 바라보았다.

'백광만 얻으면 모든 관리자의 능력을 얻는 거긴 하네.'

스탯 청, 적을 제외하고도.

녹색의 관리자의 능력 '영원'이나, 흑색의 관리자의 능력 '공허'도 모두 소유 중인 성지한.

여기에 백광까지 포함하면, 다섯 관리자의 능력이 모두 그의 스탯창에 자리 잡겠지.

평소 수집욕이 그다지 많진 않은 성지한이었지만.

모든 관리자의 능력을 소유하는 건, 꽤 관심이 가는 일이었다.

그래도.

'지금은 아니야.'

삑.

성지한은 미련 없이 화면을 꺼버렸다.

[안 받는 건가?]

'녹색의 관리자 처리하기 전엔 변수를 최소화해야지.'

스탯 백광.

평시라면, 위험을 감수하고 받아 볼 만한 가치가 있었지만.

녹색의 관리자와 대립하고 있는 지금은, 위험부담이 컸다.

[그렇군…… 좋은 생각이다.]

'너는 안 아쉽나? 네가 원하는 거였다며.'

[예전엔 그랬지. 하지만 지금은 아니다. 이 안에 있으면, 내가 원하는 걸 달성할 수 있으니까.]

예전에 눈독 들이던 백광에도 별 관심을 보이지 않는

채, 청홍의 안에 있으려는 적색의 관리자.

그는 그러면서 성지한에게 되물었다.

[임시 계정은 어떻게 할 건가. 파기할까?]

'아, 일단 놔둬. 이그드라실 처리하고 백광에 대해 다시 생각해 보게.'

[알겠다.]

지금은 백광을 받지 않았지만.

이그드라실 처리하고 여유가 생기면, 얻을 만하겠지.

성지한은 백광을 얻을 루트인 임시 계정을 남겨 둔 상태로, 다시 지구에 귀환했다.

* * *

일주일 후.

김지훈은 매일같이 게임에 접속하며, 레벨을 끌어올리고 있었다.

-이젠 그냥 매번 쉽게 이기네.

-처음 두 판이 이상했던 거라니까 ㅋㅋㅋ

-김지훈 님 뭔가 전투 센스가 좋은 거 같아.

-남자 하프 엘프라 그런 거 아니야? 종이 다른데…….

-ㄴ 다른 남자 하프 엘프들 게임 하는 거 보면 확실히 비교됨.

–뭐 그래도…… 그냥 종족이 사기야 ㅋㅋ

초반 2패는 말 그대로 재수가 없어서 생긴 거지.

그 이후로는 계속 연승가도를 달리는 김지훈.

시청자들은 그런 그의 플레이를 보며, 전투 센스가 좋다고는 생각했지만.

이 연승에는 역시 종족빨이 크다고 보았다.

'뭐, 사실이니까.'

사실, 인간이랑 같이 게임 하는 게 밸런스 파괴나 다름없는 남자 하프 엘프.

성지한은 종족빨로 전투를 찍어 누르는 양상으로, 게임을 풀어가면서.

김지훈을 적당히 전투 센스가 있는 이로 보이게끔 했다.

예전 성지한 때처럼 무공을 쓰기엔 너무 티가 나기도 했고.

"주인. 주인이 하는 것처럼 플레이해 보았다. 어떤가?"

이런 방식으로 게임을 풀어 가는 게, 아리엘 보고 대타를 시키기에도 좋았으니까.

"어, 이렇게만 해."

김지훈의 오늘 게임을 진행한 건 성지한이 아니라 그림자인 아리엘.

그는 자리를 비울 때를 대비해서, 아리엘에게 김지훈 컨트롤을 시켜보고 있었다.

물론, 아직 그녀를 100퍼센트 신뢰하기에는 일렀지만.

"삼촌, 아리엘이 오토 잘 돌리는지, 내가 두 눈 부릅뜨고 감시하고 있을게."

현재 백수나 다름없어, 시간이 남아도는 윤세아가 아리엘을 지켜보기로 한 덕에.

그녀에게 김지훈 컨트롤을 맡길 수 있었다.

"이 정도면 자리 좀 비워도 되겠네."

"연합 공격하러 가게?"

"어. 연구실 위치를 알아냈거든. 근데 방비가 꽤 삼엄해서 김지훈 컨트롤까지 하긴 쉽지 않으니까."

칼레인을 통해 세계수 연합의 연구실이 있는 위치를 한 군데 알아낸 성지한.

하나 세계수 연합도 적색의 관리자가 연구실을 노린다는 사실을 눈치챘는지, 방어 태세가 강력했다.

"그러니 네가 아리엘이랑 같이 얘 좀 조종하고 있어."

"응응. 여긴 걱정 말고 다녀와."

"알았다. 내가 주인의 생활 방식에 따라 김지훈을 조종하겠다. 아, 근데…… 주인."

거실에서 그림자기운을 운용하며, 김지훈을 컨트롤하던 아리엘은.

문득 생각났는지, 당혹스러운 표정을 지었다.

"아까 길드 마스터가 오늘 광고 찍는다고 했는데…… 그건, 어떻게 하지?"

"아, 그거. 귀찮았는데 잘됐다. 대신 해 줘."
"내, 내가 광고까지 찍으라고?"
"별거 없어. 그냥 거기서 시키는 대로 하면 돼."
"시키는 대로……."
성지한의 말에 아리엘이 그렇게 중얼거리자.
옆에서 윤세아도 거들었다.
"나도 도와줄게. 예전에 광고 좀 찍어 봤거든."
"아, 그럼 다행이다."
그제야 안심하는 아리엘.
"그럼 여기 일, 맡길게."
성지한은 그리 말하곤, 포탈을 열었다.
목적지는 연합의 연구소가 자리한 행성.
'길가메시의 파편, 있으면 좋겠군.'
성지한은 그리 생각하면서, 포탈에 들어갔다.

* * *

A급 세계수가 위치한 행성.
그곳의 방비는 확실히 예전에 쳐들어갔던 개척 행성들과는 차원이 달랐다.
성지한이 포탈을 넘어오자.
지이이잉…….

[이상 반응 감지]
[에너지 반응, '적']
[에너지 반응, '최고위 성좌'이상]
[특급 경보 발령]

대기권에서부터 적색의 관리자를 감지하고, 방어 태세를 순식간에 갖추고 있었다.

'확실히 C, D급이랑은 시작부터 다르네.'

파아아앗……!

성지한이 그렇게 생각하며 대지로 착지하자.

[청기사 긴급 소환]
[연합 방위군단 긴급 소환]

적색의 관리자에게 대항하기 위해, 사방에서 녹색 포탈이 열리고 있었다.

'청기사들이 벌써 소환되다니…… 웬만하면 검 안 부수기로 했으니, 소환 자체를 막아야겠는데.'

윤세아 얼굴을 한, 청기사들을 일단은 피하는 척 연기하는 성지한.

이 컨셉을 유지하기 위해선, 청기사랑 부딪칠 상황을 최대한 늦춰야 했다.

스스스…….

그의 뒤로 청홍이 떠오르고.

그가 가볍게 검을 집어, 한 차례 휘두르자.

치이이익……!

사방에 떠올랐던 포탈이, 일제히 반으로 갈라졌다.

"어떻게 단 일 검에, 그 수많은 포탈이……."

"다, 다시 재소환을 진행하라!"

세계수 근처의 엘프들이 얼른 원군을 재차 요청하려고 소환을 진행했지만.

청홍이 다시 한번 움직이자, 그들마저도 반으로 쪼개져 타올라 버렸다.

단 두 번의 검격에, 이 대지에 남은 건 A급 세계수뿐.

'저건 나중에 흡수하자.'

남산 것만큼은 아니더라도, 상당한 생명력을 품고 있는 세계수.

저것도 섣불리 흡수했다가는, 스탯 적이 적정 수치를 초과할 수 있었다.

지금은 연구실부터 털고, 세계수는 나중에 흡수하는 게 낫겠지.

성지한은 그렇게 생각하곤, 연구실의 위치를 찾아보았다.

'여기도 다행히 세계수 근처에 있군.'

세계수 근처에 있어야 연구실의 동력이 나오는 건지.

연합의 연구실은 저번과 비슷하게 세계수의 근처, 지하

쪽에 있었다.

이러면 원군이 다시 파견되기 전에 일 처리를 끝낼 수도 있겠네.

성지한은 그리 생각하면서, 연구실로 내려갔다.

'다른 연구 샘플은 볼 필요 없고.'

여러 생명체 가지고, 이런저런 생체 실험을 하는 연구실.

하나 성지한의 목적은 단 하나.

길가메시의 파편뿐이었다.

'여긴 없군.'

실험실 입구를 스윽 살핀 성지한은.

길가메시의 파편과 비슷한 것도 없다는 걸 파악하곤, 손가락을 가볍게 튕겼다.

그러자.

화르르르르륵……!

일제히 불타오르는 실험실.

성지한은 파편을 본격적으로 찾기 위해, 감각을 확장했다.

그러자.

"워, 원군 벌써 전멸했다고? 그럼 이 얼굴도 소용없다는 건데……."

"아까 외부 카메라로 보니까, 적색의 관리자가 포탈 전체를 잘랐습니다."

"그래…… 그럼 아직, 싸움은 없었던 건가."

연구소의 가장 깊숙한 곳에서, 엘프들의 목소리가 들

려왔다.

'얼굴?'

재네가 얼굴 거론하는 건.

윤세아의 것일 가능성이 높은데…….

성지한이 그리 생각하면서 계속 전진하자.

"……모두, 나가 보자!"

"얼굴 안 통하면 어쩌시려구요……."

"어차피 여기 있어도 죽어!"

안쪽에서 그런 말소리와 함께, 엘프 연구원들이 우르르 튀어나왔다.

그리고 예상대로.

수십 명의 연구원 엘프들은 죄다 윤세아 얼굴을 하고 있었다.

"……."

그 모습을 보고 연구소를 불태우며 나아가던 적색의 관리자가, 잠시 멈칫하자.

"토, 통한다?"

"정말…… 적색의 관리자가 움직임을 멈출 줄이야."

"저, 분명히 받은 자료에 의하면, 이 얼굴 주인은 청색의 관리자의 조카라고 했습니다."

"맞아. 그리고 기회가 되면 인간의 언어로 말해 보라 했었지. 어디 보자…… 사므촌?"

"그거 맞습니다."

"다 같이 외치죠!"

기세가 오른 연구원 엘프들은 어설픈 한국어를 구사하며, 적색의 관리자에게 호소했다.

그렇게 사방에서 사므촌 사므촌 거리자, 성지한은 깊이 고민했다.

'……컨셉이고 뭐고 그냥 다 때려치울까.'

윤세아의 얼굴을 한 거보다.

엘프가 말하는 저 어설픈 한국어를 도저히 들어 줄 수가 없었다.

손가락 한 번만 튕기면, 하이 엘프에 불과한 저들은 대번에 타오르겠지만.

'그래도…… 벌써 포기해선 안 되지.'

성지한은 그 충동을 참아 내고, 그들에게 손가락을 뻗었다.

그러자.

슈우우욱!

엘프들이 옹기종기 모여 있던 땅바닥이 푹 꺼지더니.

"아, 아아악……!"

"사므. 사므촌……!"

그들이 모두 아래로 떨어져 내렸다.

[흠, 안 죽이는 건가?]

'……일단은.'

[인내심이 대단하군.]

보기 싫은 것들을 그렇게 치워 버리고 난 후, 성지한은 탐색을 재개했다.

그렇게 실험실의 안쪽까지 도달할 때까지도, 길가메시의 파편은 보이지 않아서.

'여긴 허탕인가.'

성지한은 이곳엔 없다고 생각했지만.

"나, 나는 왕……."

실험실의 가장 안쪽에서, 이제는 익숙한 왕 타령이 들려왔다.

'오.'

그가 얼른 소리가 들리는 쪽으로 가 보자.

커다란 워프 마법진 위에 있는 건.

'입…….'

형상 자체는 인간의 것을 닮은, 커다란 입술이었다.

* * *

'일단 정밀 스캔부터 해야겠군.'

지이이잉…….

성지한의 검에서, 붉은빛의 레이저가 빠져나오더니.

[스탯 적이 10 소모됩니다.]

저 거대 입술을 샅샅이 분석했다.
그리고 곧.

[성좌 '길가메시'의 파편]
['기프트 – 청색의 대기' 생성 프로젝트의 주 물질]

생긴 건 비록 달라도.
예전에 보았던 것과 똑같은 메시지가 떠올랐다.
'바로 흡수해야겠네.'
현재 기프트 청색의 대기는 B.
스탯 청을 999에서 초과해서, +30을 더해 주는 기능을 지니고 있었다.
입술을 흡수해서 기프트 등급이 A로 오르면, 청을 더 올릴 수 있겠지.
다만.
'파편 조각 자체는 어째 저번보다 영 품질이 떨어져 보이네. 이거 흡수한다고 바로 등급이 오르진 않겠어.'
입술만 덩그러니 남아서 그런가.
저 파편을 흡수한다고, 기프트 등급이 바로 수직으로 상승할 것 같진 않았다.
그래도.
이렇게 몇 개 파편 더 얻다 보면, 언젠간 A로 오르겠지.

성지한은 그리 생각하곤, 입술에 손을 뻗었다.

적색의 불이 붙어 있는 손이라 그런지, 금방 타오르는 마법진.

그리고 그 열기는, 저 거대 입술에 닿았다.

"아, 뜨. 뜨…… 서, 설마. 짐을 죽일 건가?"

"……."

뭐 뻔한 걸 물어보고 있어.

성지한은 대꾸할 생각도 하지 않고, 손을 가져갔지만.

"흐, 흐허허헝……."

갑자기 입술에서 우는 소리를 하더니, 침을 주르륵 흘리기 시작했다.

아, 갑자기 더럽게 왜 이래.

'입술만 남았는데 침을 흘리는 것도 신기하네.'

부글부글…….

입에서 흘러내린 침이 끓어 올라 수증기가 되는 걸 보고, 성지한이 잠시 멈칫하자.

"사, 살려 줘! 살려 주세요……!"

거대 입술은 애처로운 목소리로 목숨을 구걸했다.

그 길가메시가 존댓말로 살려 달라고 저리 비굴하게 굴다니.

'아무리 파편이라도 영 적응이 안 되는군…… 아, 그래도 나한테도 마지막에 살려 달랄 때도 저런 태도였나.'

성지한은 저 발악에 과거에 길가메시를 소멸시켰을 때

를 추억하며.

흔들림 없이, 그에게 안식을 주려 했다.

하지만.

"그, 그러지 말고! 나…… 그래. 키워서 잡아먹어!! 이 입술만으론 너도 어, 얻는 거 없을 거 아니야!"

살기 위해 끈질기게 입을 터는 거대 입술.

그리고 그가 말하는 것 중, 성지한의 관심을 끄는 것이 있었다.

[……키우다니?]

성지한의 적색의 관리자 행세를 하며, 말문을 열자.

"그, 그릇. 난, 난 그릇이 될 수 있다!"

[그릇이라.]

"지, 지금은 이 모양이지만…… 키우면. 더, 더 가치 있어진다. 그릇에 물건, 담을 만하다!"

계속 자길 키우면 그릇이 될 거란 말만 하는 거대 입술.

성지한은 이에 아까 스캔했던 데이터를 떠올려 보았다.

'확실히 이놈만 흡수해서는 A가 안 된단 말이지.'

'청색의 대기' 기프트를 A까지 성장시키기엔 역부족인 거대 입술.

이놈 말대로 키워서 그릇의 가치가 커진다면, 기프트 업그레이드가 가능한 건가.

'테스트할 가치는 있어 보이는데…….'

거기에 저번의 길가메시 파편과는 달리, 이놈은 뭔가 대화가 통했다.

그 말은 곧, 저쪽에서 정보를 얻을 수도 있다는 뜻.

'죽은 별로 데리고 가야겠네.'

성지한은 상대를 일단 살려 두기로 결심하고는, 손을 뒤로 뺐다.

그러자.

두둥실…….

불타오르는 마법진 위로, 떠오르는 거대 입술.

"서, 설마……."

[네 말에 흥미가 생겼다. 어디, 가치를 증명해 보아라.]

"아아…… 사, 살았다!"

쥬륵. 쥬륵.

살았다는 기쁨에 또 침을 줄줄 흘리는 거대 입술.

성지한은 그걸 보고 눈살을 찌푸렸다.

'빨리 넣어 버려야지, 안 되겠어.'

[인벤토리.]

그가 그렇게 생각하며 인벤토리를 열자.

입술이 급히 말을 꺼냈다.

"저. 미, 미안하다! 내가 인벤토리 들어가면 죽어……."

[죽는다고?]

"그, 그렇다…… 그래서 연구원들도 굳이 절 여기로 보낸 거고……."

인벤토리에 넣어서 보낼 수 있었으면, 굳이 워프 마법진에 애를 안 올려놨다 이건가.

거참 까다로운 녀석이군.

[포탈은 탈 수 있겠지?]

“그, 그건 가능하다!”

[알았다.]

그럼 세계수 흡수하고 가면 되겠군.

성지한은 거대 입술을 둥둥 띄운 채로, 지상에 다시 올라갔다.

그러자.

“적색의 관리자……!”

A급 세계수의 앞에는, 윤세아 얼굴을 한 청기사들이 일백 명 도열해 있었다.

그리고 양옆에는 고엘프와 그들이 이끄는 군단까지.

아까는 포탈을 베서 바로 원군이 도착하진 못했지만.

성지한이 연구실에서 길가메시의 파편을 찾는 데 시간이 조금 걸려서 그런지, 벌써 방어 태세를 굳건히 하고 있었다.

‘아, 진짜 사방이 윤세아네.’

고엘프는 그래도 가면 써서 그런지 아직 성형을 안 했지만.

하이 엘프 급은 청기사 이외에도 죄다 윤세아 형상을 한 상태.

거기에 청검까지 들고 있으니, '성지한'을 봉인한 척하기 위해선.

예전처럼, 세계수에 단번에 접근하여 저걸 흡수해야 했다.

하지만.

'그렇게 휙 세계수만 빼내기에는, 방비가 너무 단단하군. 거기에.'

"아, 뜨. 뜨…… 저. 그. 여기서 싸우면 나는……."

지금은 길가메시의 파편이라는 짐 덩어리까지 들고 다녀야 했다.

'그렇게 위험부담을 감수해서 얻을 거라곤, 적밖에 없으니.'

이번엔, 전리품으로 이거만 챙기고 빠져야겠군.

성지한은 그리 생각하곤, 손을 뻗었다.

스스스…….

그러자, 그의 등 뒤로 생겨나는 거대한 적색 포탈.

"어, 어……."

"도망…… 친다니?"

"세계수를 공격하지 않고?"

세계수 흡수를 포기하는 적색의 관리자의 행동을 보며, 엘프들이 깜짝 놀라는 사이.

스스스…….

성지한은 포탈에 몸을 담았다.

그리고, 같이 딸려 가던 거대 입술은.

"사, 살았다……! 미친 엘프 놈들……! 퉤퉤!"

포탈을 타기 전에 엘프 쪽에 굳이 침을 뿌리고는.

안으로 끌려갔다.

"뭐, 뭐야 저건?"

"글쎄……."

"됐다. 저런 게 중요한 게 아니다."

청기사의 선봉에 선 지휘관은, 거대 입술의 일을 하나의 해프닝으로 치부하면서.

두 눈을 반짝였다.

"그것보다. 이 방식이…… 확실히 통한다는 게 중요해."

"맞습니다!"

"모두, 행성의 피해 상황을 조사하도록."

"네!"

그 명에 따라, 흩어지는 엘프들.

그리고 그들은 곧.

성지한에 의해 지하 구덩이로 떨어진 엘프들을 발견할 수 있었다.

"연구원들이…… 멀쩡한 채로 지하에 떨어져 있었습니다."

"뭐?"

"연구원들의 말에 의하면, 사망자는 단 한 명도 없었다고 합니다."

그 말에 지휘관은 놀란 얼굴로 자신의 얼굴을 쓰다듬었다.

"이거 정말, 통하는구나……."

* * *

임시 거점, 죽은 별에 도착한 성지한은.

[왔어?]

오자마자 검은 해골, 칼레인의 환대를 받았다.

[뭐야, 저 입은. 저것도 파편의 일종이야?]

"그래. 자기 입으로 키워서 잡아먹으라기에 데려왔지."

[그런 말도 할 줄 알아?]

딱. 딱.

해골은 이빨을 부딪치며, 커다란 입술을 바라보았다.

[내가 저번에 세계수 연합에게 의뢰받았던 살점보단, 훨씬 키울 만하겠네.]

"저, 잠깐……."

[후후후. 어떻게 키워 볼까?]

검은 해골이 두 눈을 불길하게 빛내면서 다가오자.

입술이 열심히 움직였다.

"나, 난 인도적인 육성을 요구한다……!"

[인도적인?]

"날 해체해서 키우려 들지 말고, 이 형태 자체를 육성

해 달라!"

[그럼 너무 느린데. 우리가 왜 그래야 하지?]

"그게…… 그. 그래. 지금 이 형태로는 기억이 다 나지 않지만, 여기서 더 정상화되면 잊었던 기억을 떠올릴 수 있을 거다. 그럼 그 정보, 너희에게도 도움이 될 거다!"

무슨 이야기를 꺼내나 했더니, 기억인가.

'길가메시 기억이라고 해 봤자 엘프에게 실험당하는 게 전부일 텐데.'

그 전에 기억을 더 거슬러 올라가도.

성지한이랑 적색의 관리자한테 한 번씩 죽은 게 끝이니.

그다지 도움이 될 거 같진 않은데.

그렇게 둘이 심드렁하게 반응하자, 입술은 연신 움직였다.

"거기에…… 그래! 나처럼 똑바로 말하는 그릇을 해체했다간, 나 같은 존재가 다신 안 나올 수도 있다……."

[그건 또 무슨 소리야?]

"분명, 그 망할 엘프들이 그랬다. 이렇게 똑바로 의사표시를 하는 '실험체'는 처음이었다고…… 그래서 본부에 급히 보내야겠다고 했다."

[흐음. 그래? 실험체 중에선 희귀한 종이라…… 어쩌지?]

칼레인은 성지한에게 어찌할 건지 물었다.

“네가 육성한다면, 어떤 방법을 쓰려 했는데?”

[나? 나는 뭐. 연합이랑 비슷한 방법이지. 다 쪼개서 조직 단위로 배양하고, 그중 잘 큰 놈부터 챙기는? 걔네랑 다른 점은 사령술을 써서 뒈진 조직도 비틀어 발전시킬 수 있다는 거 정도네.]

연합의 방식에서, 사령술을 섞겠다는 건가.

‘그렇게까지 하고 싶진 않은데.’

기프트 청색의 대기를 업그레이드하는 건 물론 중요했지만.

세계수 연합의 비인도적인 실험을 그대로 카피해서 이쪽도 하는 건 영 끌리지 않았다.

저 괴물들이랑 같이 진흙탕에 빠지는 기분이었으니까.

“그 방법은 됐고. 다르게 가자.”

[그래. 근데 이 죽은 땅에서 저놈, 어떻게 키우게?]

“급속 성장시킬 방법이 있긴 하지.”

스스스…….

그러며, 성지한의 등 뒤로 붉은 사슬이 튀어나오기 시작했다.

무극멸신武極滅神

멸신결滅神訣

천수강신天樹降神

길가메시의 권능이었던, 천수강신.

생명력을 빨아들이는 이 사슬은, 역으로 이를 불어넣는 역할도 할 수 있었다.

파아앗……!

사슬이 거대 입술에 닿자.

"으, 으읏. 이건……! 이 힘은……!"

스스스…….

거대 입술을 중심으로, 서서히 형상이 복원되는 상대.

[스탯 '영원'이 1 소모됩니다.]

생명력을 불어넣던 성지한은, 메시지가 떠오르는 걸 보곤 미간을 찌푸렸다.

'아니. 뭐 이리 생명력을 많이 먹어?'

이럴 줄 알았으면 세계수 연합의 방식, 따라 할 걸 그랬나.

그가 잠깐 후회하는 사이.

파아아앗……!

생명력을 확실하게 흡수한 거대 입술에서, 길가메시의 머리가 나타났다.

인류였을때보다는, 세 배 큰 머리통.

"아아. 나는…… 나는……! 그래. 기억났다…… 난 인류의 왕, 길가메시……!"

머리가 생기니 잊었던 기억도 되찾은 건지, 그는 혼자 눈을 부릅뜨며 인류의 왕을 부르짖고 있었다.

"야. 그런 거 말고 쓸모있는 기억을 되찾지 그래?"

"이, 이것보다 중요한 기억이 어디 있겠느냐! 아. 근데, 네놈. 내 아들…… 성지한 아니냐!"

휙.

이쪽을 향해 머리를 돌리며, 길가메시가 침 튀기며 말하자.

성지한은 반사적으로 손을 들었다.

"하. 이놈은 또 아들 소리를 하네."

빡!

그대로 성지한이 길가메시의 뒤통수를 후려치자.

슈우우우……!

길가메시의 머리에서 푸른 연기가 피어오르더니.

그게 성지한의 손으로 일제히 빨려 들어가기 시작했다.

그와 동시에.

['기프트 – 청색의 대기'가 A급으로 업그레이드됩니다.]

[스탯 청의 상한선이 70 오릅니다.]

기프트의 등급이 오르며.

머리통이 복원되었던 길가메시가, 다시 입술 형상으로

돌아갔다.

[어…… 좀 약하게 치지 그랬어? 기껏 복원된 놈이 다시 돌아갔는데?]

옆에서 이런 사정을 모르던 칼레인은, 그리 말했지만.

"……아니."

성지한은 두 눈을 번뜩였다.

"아까처럼, 계속해야지."

* * *

빡! 빡!

길가메시의 머리를 복원하고, 이걸 뒤통수쳐서 청색의 대기를 업그레이드하는 방식.

이건, 스탯 '영원'이 소모된다는 걸 제외하면.

매우 효율적인 발전 방법이었다.

그리고.

"그, 그만 때려라……! 왜 살렸다 죽이는 건가! 아들이라고 안 부를 테니까……!"

빡!

길가메시가 뭐라 말하든 말든, 성지한이 뒤통수를 다시 한번 가격하자.

['기프트 – 청색의 대기'가 S급으로 업그레이드됩니다.]

[스탯 청의 상한선이 150 오릅니다.]

청색의 대기가 한 번 더 업그레이드되었다.

'이러면 총합 250인가.'

청의 성장 한계선이 999에서, 1249까지 껑충 뛰어 버린 청색의 대기.

이렇게 청이 성장하자, 적도 따라서 한계가 올라왔다.

'스탯 적도 이제 900까진 운용할 수 있겠군.'

물론, 청색의 대기가 S급까지 오르는 데 있어서, 소모한 비용도 만만치는 않았다.

길가메시의 머리를 살리는 데 드는 비용.

스탯 영원이 20 소모된 것이다.

A급이 될 땐 한 번 만에 됐는데, S급은 19번을 살린 끝에 가능했으니까.

그래도.

'영원 지금 당장은 쓸데없으니까. 한계를 늘리는 게 더 중요하지.'

생사를 다투는 전투 때, 목숨줄이 되어 줄 영원.

하나 지금 당장은 그런 상황이 나오질 않았으니, 청의 한계를 늘리는 게 더 중요했다.

거기에 영원은, 세계수를 통해 언제든지 수급을 할 수 있었으니까.

'그럼, SS까지 또 때려 볼까.'

성지한은 그렇게 생각하며 길가메시의 머리를 재생시켰지만.

"으아악. 제발 그만……!"

빡!

이번엔 뒤통수를 때려도, 길가메시의 머리가 멀쩡했다.

"음……."

뭐지.

익숙해진 건가 이놈.

성지한은 고개를 갸웃하며, 머리를 몇 대 더 때렸지만.

"어…… 뭐, 뭐냐. 나 왜 안 죽지? 거기에, 아까보다 안 아파……."

길가메시의 머리는 멀쩡한 채로, 뒤통수의 성지한의 손자국만 찍히고 있었다.

'흠, 이놈한테서 뽑아낼 수 있는 청색의 대기는 이게 끝인 건가.'

원래는 청색의 대기에서, 자동으로 빨아들였던 길가메시의 파편.

하나 입술에게서 나올 수 있는 재료는 이게 끝인지.

청색의 대기는 S급에서 성장이 멈추었다.

"흡수가 안 되다니…… 괜히 살렸네 이러면."

성지한이 멀쩡한 길가메시의 머리를 보고 입맛을 다시자.

그가 눈동자를 굴렸다.

“그, 그럼 이제 끝인가? 머리통 터지는 건?”

“아마도. 근데 이렇게 되면 너 쓸모가 없는데…… 그냥, 지금 정리할까?”

“쓸모가 없다니…… 그, 그렇지 않다! 잘 찾아봐라. 뭐라도 쓸모가 있을 것이다!”

성지한의 눈빛이 변하자.

길가메시는 어떻게든 살기 위해, 자신의 쓸모를 어필하려 들었다.

“흠. 그럼 기억 중에 쓸모 있는 거라도 있냐?”

“쓸모 있는 거라니…… 왕 시절 백성들을 통치했을 때를 이야기하는 건가?”

“그딴 거 말고. 나랑 적색의 관리자한테 죽은 이후 기억 같은 거.”

“그건…… 사실 별로 없다. 시험관 속에 계속 있었던 기억뿐이라서.”

쓸데없는 때의 기억만 자세하고.

정작 세계수 연합에게 부활당해, 실험당했던 때의 기억은 별로 없네.

‘영원 1은 그냥 날린 셈 쳐야겠군.’

그래.

청색의 대기 등급 S까지 올려 줬으니, 1은 그냥 더 쓴 셈 치자.

성지한이 그리 생각하면서, 길가메시의 처분에 대해 고

민할 즈음.

[내가 이놈 쓸모를 좀 찾아볼까?]

"네가?"

[어. 네 말 들어 보니, 배양은 이제 할 필요 없는 거 같은데…….]

"어. 여기서 뽑아낼 건 다 뽑아냈어."

[그럼, 연합의 연구소 탐색할 때 이놈을 좀 써 볼게. 떠오르는 아이디어가 있어서.]

성지한은 그 말에 고개를 끄덕였다.

"그래. 그럼 이놈 잠시 맡기지."

[어. '인도적'으로 테스트를 할 게.]

딱. 딱.

칼레인은 인도적인 방식을 강조하며, 음산하게 웃었다.

"그, 성지한. 그냥 나도 지구로 데려가 주면 안 되겠나…… 이 별, 생명이 살기엔 적합하지 않은 거 같은데……."

이를 보고 길가메시의 머리가 성지한에게 호소했지만.

"여기서라도 살래. 아니면 그냥 죽을래?"

"……여기 있겠다."

그가 두 선택지를 제시하자, 어쩔 수 없이 전자를 골랐다.

"그럼, 다음에 또 올게."

[언제든지 환영이야. 주인님에게도 안부 전해 줘.]

그렇게 칼레인의 배웅을 받으며, 지구로 귀환한 성지한은.

미묘한 표정을 짓고 있는 윤세아와 아리엘을 발견했다.

“아…… 삼촌, 왔어?”

“어. 표정이 이상하다? 왜 그래? 광고 찍고 있어?”

“아니. 찍으려고 준비 다 했었는데.”

스윽.

윤세아는 손가락으로 TV 화면을 가리켰다.

“총독부 긴급 뉴스가 떠서, 모든 업무가 중지되었어.”

성지한은 그 말에 TV로 시선을 돌렸다.

거기선, 모든 업무를 중지하고, 깨어 있으라는 지시가 나오고 있었다.

“깨어 있으라니. 또 뭔 짓을 하려고 그러지?”

“우리나라야 지금 낮이니 괜찮지만. 시차 정반대인 쪽은 난리도 아니야. 사이렌 울리면서 주민들 깨우고 있다는데?”

거참, 이게 총독부가 설치된 순기능인가.

성지한은 피식 웃곤, 감각을 확장했다.

“김지훈은 집에 들어와 있네.”

“응. 한 시간 전부터 귀가하라고 했거든. 그러면서 절대 잠자지 말라고 하더라.”

“흠…… 그래? 재들 뭐 하는지 체험하러 가 봐야겠다.

가자. 아리엘.”

“알겠다.”

슈우우우…….

성지한의 손에 다시 아리엘이 빨려 들어가자.

그는 아래층으로 내려가, 가만히 앉아 있는 김지훈의 몸에 들어섰다.

—대체 무슨 일이 벌어지려고, 이렇게 깨어 있으라는 거지?

—뭐 아시는 분 없나요?

—총독부에서 일어나는 일을 여기서 아는 사람이 몇이나 되겠음;

— 덕분에 조기 퇴근 개꿀 ㅋㅋㅋ

—우리나란 그래도 나은 편이던데. 미국 보니까 경찰차 소방차 다 사이렌 울리며 주민 깨우고 있음.

—총독부 왜 한국에 있냐며 걔들 또 열폭하겠네 ㅋㅋㅋㅋ

긴급 뉴스란에 달리는 리플들을 보며, 시간을 보내고 있자니.

지이이잉…….

갑자기, 그의 눈앞에 메시지 창이 떠오르기 시작했다.

[녹색의 관리자, '이그드라실'이 당신을 후원하려 합니다.]

[이를 받아들이시겠습니까?]

'이건…… 성좌 후원인가.'

성좌는 예전에 졸업한 이그드라실.

하나, 성좌 후원 칸은 이렇게 쓸 수 있는 것 같았다.

'여기서 김지훈이 아니오를 누르면 안 되겠지.'

성지한이 그리 생각하면서 예를 누르자.

지이이잉.

[녹색의 관리자 '이그드라실'이 플레이어 '김지훈'의 후원 성좌가 됩니다.]

[하늘을 바라봐, 성좌의 후원을 받으십시오.]

하늘을 보라는 메시지가 떠올랐다.

'하늘?'

일단은 시키는 대로 해 볼까.

성지한은 자리에서 일어나, 거실 창문을 열었다.

그리고 거기서 머리를 빼꼼 내밀어, 하늘을 바라보자.

태양이 있는 자리에는.

무지갯빛으로 빛나는, 세계수의 형상이 미약하게 떠오르고 있었다.

'무지갯빛이면…… 우주수의 형상인가.'

성지한이 그리 생각하며, 하늘을 바라볼 즈음.

차라락.

사방에서, 창문이 하나둘씩 열리기 시작했다.

이그드라실의 후원 메시지, 김지훈에게만 도착한 게 아니라.

깨어 있는 전 인류에게 주어진 건가?

그렇게 수많은 사람들이 일제히 하늘만 바라보고 있을 때.

[녹색의 관리자, '이그드라실'의 축복을 받습니다…….]

그런 인류에게로, 이그드라실이 힘을 행사하기 시작했다.

5장

5장

'이그드라실의 축복이라.'

성지한은 김지훈의 몸을 면밀히 살펴보았다.

축복을 받았음에도, 신체적으로는 큰 변화가 감지되질 않았지만.

'그래도 전 세계 사람들을 강제로 깨우고 성좌 후원을 받게 했으니, 뭔가 있겠지.'

성지한은 그리 생각하고는, 상태창을 열어 보았다.

그러자.

'이종친화 기프트…… 이거 등급이 올랐군.'

B급이었던 기프트 이종친화가, SS급으로 등급이 훌쩍 뛰어 있었다.

그리고 상태창의 맨 아래에, 이그드라실의 축복 칸이

새로 생겨서 눌러 보니.

[관리자의 축복. 엘프와 인류의 일체화를 촉진합니다.]

그러한 부연 설명이 떠올랐다.

'일체화라. 이종친화 기프트의 등급 업그레이드와 연관이 있나 보군.'

적성검사를 통해, 하프 엘프가 되느냐 안 되느냐가 판가름 나는 현시대.

이종친화는 하프 엘프가 될 확률을 높여 주는, 필수적인 기프트였다.

B급이었던 김지훈의 이종친화가 SS급으로 올라 있는 걸 보면.

이종친화가 없던 일반인이나, 있어도 등급이 낮은 이들에게도 꽤 변화가 있을 거 같은데.

성지한이 그리 생각하면서, 스마트폰을 열어 보니 과연 난리도 아니었다.

―와 축복받고 이종친화 생김 등급 B로 ㄷㄷ

―헐 난 A인데 ㅋㅋㅋ

―이러면 다음 적성검사 때 하프 엘프 도전 가능한가요?

―근데 이미 적성검사 본 사람은 어떻게 됨? 꽝 아닌가.

―ㄴㄴ 이제 매달 초에 레벨이나 시험 본 거 상관없이

진행한다는데?

–와, 하프 엘프 될 기회가 갑자기 확 늘어났네.

–인류에서 엘프로 종족 상승시켜 주시네 이그드라실 님이…….

기프트가 없던 이들도, 최소 B등급 이상의 이종친화가 생겼으며.

튜토리얼 대신 진행되던 적성검사가, 이젠 인간에게 매달 초 검사할 수 있는 기회가 주어졌다.

이건 명백하게, 인류에게 하프 엘프가 되라고 촉진하는 정책이었으니.

그동안 하프 엘프가 되지 못해서 아쉬워하던 사람들은 쌍수를 들어 환영하고 있었다.

'청검을 양산하기 위해, 이렇게 축복을 내리는 건가. 정책 자체는 나한테 나쁘지 않군.'

청검이 많으면 많을수록, 저들이 모으는 스탯 청도 많아질 테니.

이그드라실의 축복은, 성지한으로서도 환영할 만한 일이었다.

물론, 그를 닮은 남자 하프 엘프들이 더 많이 생겨나는 부작용은 생기겠지만.

그거야 어쩔 수 없지.

'근데 너무 조건이 좋은데…… 아무리 관리자라고 해

도, 이렇게 일방적인 버프가 가능한가?'

인류 인구가 한두 명도 아니고.

70억에게 기프트 등급 업을 뿌리는 게 가능한 일인가.

한때 관리자 권한을 다뤄봤던 성지한이었기에, 이게 얼마나 스케일이 큰 일인지 잘 알고 있었다.

물론 성지한은 임시 관리자고.

녹색의 관리자는 꽤 오랜 세월 군림한 정식 관리자니 사용할 수 있는 권한엔 차이가 있겠지만.

'그래도 저쪽도 이렇게까지 버프를 주는 건 꽤 부담되는 일일 텐데…….'

성지한이 그리 의문을 품고 있을 때.

적색의 관리자가 그에게 말을 걸었다.

[저 축복에 정밀 스캔을 해 보아라.]

'정밀 스캔을?'

[그래. 아무리 녹색의 관리자라고 해도 인류 전원에게 기프트를 부여, 업그레이드하는 건 쉽지 않은 일이다. 겉으로는 보이지 않는, 숨겨진 항목이 있을 수 있다.]

성지한은 적색의 관리자의 말대로, 김지훈의 상태창을 정밀 스캔했다.

지이이잉…….

그가 띄운 설명창에, 붉은빛이 닿자.

스스스스…….

[관리자의 축복. 엘프와 인류의 일체화를 촉진합니다.]

이 설명 메시지 아래 칸에.

[1년 뒤, 관리자에게 축복이 생명의 기운으로 변환되어 회수됩니다.]

숨겨져 있던 글자가 드러났다.

'1년 뒤 회수라…… 그것도 생명의 기운으로 변환되어서라니.'

[이러면 인류 대부분이 죽겠군.]

'……역시 그런가?'

[그래. 이 정도의 축복은, 인류 하나하나의 생명력보다 훨씬 값지니. 이그드라실 입장에선, 그렇게 회수해도 큰 손해일 것이다. 몇몇 뛰어난 이들은, 생명의 기운을 빼앗기고도 살겠지만…… 그 수가 얼마나 될지 모르겠군.]

성지한은 미간을 찌푸렸다.

어쩐지 이런 축복, 그냥 줄 리가 없다 싶더니.

이래서야 전 인류를 모두 1년짜리 시한부 인생으로 만든 셈 아닌가.

[그래도, 대단하군. 1년 후의 회수라고는 하나 이 정도의 투자를 결심하다니…… 아무래도 네가 그녀에게 입힌 피해가 그만큼 큰 것 같다.]

'1년이 지나기 전에, 일을 끝내야겠군.'

[이번 기프트 부여로, 청검이 대량으로 양산된다면. 청의 흡수도 그만큼 빨라지겠지. 1년이 지나기 전에, 상황은 종료될 거다.]

성지한은 그 말에 고개를 끄덕였다.

저쪽에서도 1년이란 제한 시간을 둔 건.

인류의 청이 그때쯤엔 모두 흡수될 거라고 생각해서겠지.

[그나저나, 이제 연합의 행성에 침공할 때 더 불편해지겠군.]

'그러게. 청검이 예전보다 훨씬 많아질 테니. 이를 운용하는 적의 부대도 늘어나겠어.'

[아래 등급의 행성은, 적성검사가 시행되기 전에 도는 게 나을 수도 있다.]

'그래야겠네.'

이종친화 기프트가 전 인류에게 뿌려지고.

등급도 최소 B부터 시작했으니, 청검이 될 남자 하프엘프가 양산될 건 불 보듯 뻔한 노릇.

그러면 이 검을 든 청기사들도 늘어날 테니, 적색의 관리자의 침공도 다음 달부터는 힘들어질 수 있었다.

그 전에, 털 수 있는 곳은 털어 버려야겠네.

성지한은 마음먹은 김에, 오늘 B급을 싹 다 털어 버리려 했지만.

"김지훈 님."

그간 조용하던 엘프 호위가 입을 열었다.

"호위 대상으로 지정된 남자 하프 엘프는 모두 수면을 취하라는 명령이 내려왔습니다."

"지금요?"

"예, 침대에 누워 주십시오."

총독부에서 긴급 명령이 내려왔는지, 엘프 호위는 수면 마법을 쓸 준비를 마치고 있었다.

'흠, 환영을 당한 상태라 무시하고 나가도 되긴 하겠지만…….'

슬립 마법을 피해도 잠을 자는 거라고 인식할 엘프 호위.

하나 성지한은 이번엔 그냥 얌전히 엘프의 말에 따르기로 했다.

오늘 이그드라실이 이렇게 대대적으로 일을 벌였으니, 잠들면 가는 검의 전당에서도 뭔가 변화가 생겼을 터.

이 변화를 아리엘에게 대신 맡겨서 간접 체험하느니, 직접 두 눈으로 보는 게 맞겠지.

'좋아. 그렇게 하자.'

성지한은 얌전히 김지훈의 몸을 움직여 침대에 누웠다.

그러자.

"슬립."

바로 수면 마법이 가해지고, 김지훈의 몸이 축 늘어졌다.

그리고 곧.

그의 몸은, 검으로 변한 채 검의 전당에 소환되었다.

* * *

검의 전당.

총독부가 위치한 남산에 자리 잡고 있는 이 장소엔.

연합의 총독이 허리를 90도로 굽힌 채로, 엘프 한 명을 상대하고 있었다.

“이그드라실이시여. 이들이 저희가 특별 관리하는 검들입니다.”

총독이 상대하는 엘프는, 머리카락이 완전히 녹색으로 물든 이그드라실.

전 인류를 향해 축복을 내린 그녀는 직접 지구에 행차하여, 검의 전당을 살펴보았다.

‘이그드라실이 직접 지구로 오다니…….’

적색의 관리자에 의해 큰 타격을 입고는, 그에게 대항할 청검을 직접 챙길 심산인가.

성지한은 청검 안에서, 그녀를 유심히 바라보았다.

본체가 아니라 아바타인지, 생명의 기운은 그리 많이 느껴지지 않는 상대.

저 정도론, 김지훈의 청검에서 성지한을 발견할 순 없을 것 같았다.

'그래도 들키지 않게 몸조심해야겠네.'

성지한은 청검 안에 섞인 공허로 기척을 감추었다.

그리고 얼마 지나지 않아.

"그래. 숫자가 많진 않네. 그런데 성장한다는 검은 어디 있지?"

"여기 있습니다."

뚜벅. 뚜벅.

김지훈의 청검을 향해, 걸어오는 이그드라실.

그녀는 검을 뽑아보더니.

스으윽.

검을 손으로 몇 차례 쓰다듬었다.

"흐응…… 성능은 괜찮네."

"예. 적합도가 높은데도 지속적으로 성장해서 총독부에서 가장 주목하고 있는 검입니다. 제가 직접 살펴보기도 했습니다."

"총독이 직접?"

"예. 이 검만 성장하는 것이 의아해서 관찰해 보았습니다. 옆에서 지켜본 결과 별다른 특이점은 없었습니다만……."

"그래? 어디 봐 볼까."

탁.

이그드라실이 손가락으로 청검을 두드리자.

김지훈의 청검이 번쩍이더니, 그의 육체가 모습을 드러냈다.

그 모습을, 이그드라실이 스윽 훑어보더니.

피식 웃음을 지었다.

"총독이 왜 그렇게 생각했는지 알겠다. 생긴 게 청색이랑 더 닮았네. 얘."

"그것도 그를 직접 살펴본 이유 중 하나였습니다."

"총독이 어련히 잘 살펴봤겠냐마는…… 나도 좀 봐야겠어."

그녀는 그리 말하더니.

손가락으로 김지훈의 몸을 툭 쳤다.

그러자.

파아아앗……!

김지훈의 몸뚱어리가 일제히 사방으로 떨어져 나가더니.

그의 몸이 파편화되어, 허공에 둥둥 떠올랐다.

피부부터 갈라지며, 살점과 장기. 뼈가 모조리 분해되어 떠올라 있는 모습.

그녀가 가한 '분해'는 육체뿐만이 아닌지.

김지훈이 지니고 있던 스탯 청도 푸른빛으로 뭉쳐 떠올랐고.

공허도 보랏빛의 반점으로, 작게 모습을 드러냈다.

그렇게 김지훈 살펴보겠다더니, 아예 파편화해 버린 녹색의 관리자는.

여기서 행동을 멈추지 않고, 파편 하나하나를 면밀히 살피고 있었다.

"공허는…… 아레나의 주인이 부여했다는 게 이건가?"

"예. 그렇습니다."

"그래."

그래도 공허는 출처가 확실해서인지, 넘어가는 그녀.

'이거, 공허에 몸을 은닉하지 않았으면, 들켰을지도 모르겠군.'

성지한은 그리 생각하면서, 김지훈의 파편이 정밀 검사받는 광경을 지켜보았다.

몸의 모든 걸, 쭉 살펴보던 이그드라실은.

천천히 입을 열었다.

"특이한 점은 없네."

탁.

손가락을 한 번 튕기자, 다시 원래대로 재조립되는 김지훈.

산산조각이 났다고는 믿기지 않게, 그의 몸은 완전히 정상으로 되돌아왔다.

그러곤 다시 검으로 변해, 검의 전당에 꽂히는 김지훈.

이그드라실은 검을 툭툭 만지더니 총독에게 말했다.

"얘, 계속 성장하면 내 검으로 쓸게. 이름은…… 그래.

청색의 이름을 따서 '성지한'으로 하지."

"알겠습니다. 지금 개명시킬까요?"

"아니. 아직 1등 아니라며? 1등은 되어야 주지."

'왜 내 이름을 지가 주냐 마냐.'

듣는 본인이 어처구니없어 할 무렵.

이그드라실은 주변을 둘러보았다.

"이제 검을 수용할 공간이 더 필요하겠네."

"예. 지금의 문양으로는 새로 생길 청검을 모두 수용할 수 없습니다."

"좋아. 미리 확장하지."

툭. 툭.

그녀가 발로 바닥을 몇 번 밟자.

지이이잉……!

바닥에 그려졌던 문양에서 빛이 뿜어져 나오더니, 커다랗게 확장되기 시작했다.

"그리고 이번에 적합도 낮은 청검이 대량으로 양산될 텐데. 그거 모두 수비 부대에게 돌릴 거야."

"예. 알겠습니다."

"개척 행성에선 철수했으니, 그럼 나머지는 모두 수비할 수 있겠지……."

"적색의 관리자는 아레나의 주인을 닮은 청기사들을 피한다고 들었습니다. 충분히 막을 수 있을 거라고 생각됩니다."

청검의 대량 양산을 통해, 윤세아 닮은 청기사들을 모든 행성에 배치하겠다는 건가.

C, D급의 개척 행성을 모두 포기한 데 이어서.

전 인류에 기프트를 뿌린 거 보면, 충분히 가능한 시나리오 같았다.

'청기사들이 배치되기 전에, 털 만큼 털어야겠는데.'

성지한이 그리 생각할 즈음.

"그럼, 내가 직접 강림할 때까지, 계속 일 처리 부탁해."

"네. 알겠습니다!"

이그드라실은 총독에게 그 말을 남기고 사라졌다.

'직접 지구로 강림할 생각이군…….'

적색의 관리자랑 분쟁이 격화되면서, 중요도가 더 높아진 인류.

이그드라실은 아무래도, 여기에 전력을 쏟을 심산인 것 같았다.

스스스…….

성지한은 이그드라실의 아바타가 사라진 걸 확인하고, 검의 밖으로 나와보았다.

'세계수의 문양…… 시내까지 드넓게 뻗어 갔군.'

남산의 아래.

서울 시내까지 쭉 뻗어 나간 세계수의 문양.

기존보다 몇십배는 확장된 이 문양은, 이그드라실이 여

기에 얼마나 투자했나를 보여 주는 지표나 다름없었다.

'거기에, 청검 성지한이라.'

김지훈의 본체가 누군지도 모르고, 그 이름을 직접 붙여 주려는 녹색의 관리자.

성지한은 조금 전을 떠올리며, 한쪽 입꼬리를 올렸다.

'차라리 잘되었다. 성지한으로 네 목을 베어 주지.'

그리고 그 이름을 받으려면 일단은 적합도 1등이 먼저니.

'이제 슬슬 적합도를 올려야겠네.'

성지한은 김지훈의 청검을 성장시키기로 마음먹었다.

* * *

적합도 23퍼센트.

현재 김지훈의 청검이 지니고 있는 적합도 수치는 바로 이 정도였다.

'랭킹 1위가 25퍼센트라고 했지.'

1위와는 2퍼센트밖에 차이가 나지 않는 김지훈의 청검.

이제는 슬슬, 그 자리를 빼앗아도 되겠지.

'일단은 30퍼센트를 목표로, 하루에 1퍼센트씩 올려야겠군.'

인류의 수명도 1년밖에 안 남았으니, 이제는 스퍼트를

내야 할 때.

성지한은 오늘의 성장도 목표치를 1퍼센트를 잡았다.

'그리고 올리는 거야, 손쉽지.'

적합도 1퍼센트 정도야, 성지한 입장에서는 천천히 올리는 게 더 어려운 일.

그는 힘을 최대한 조절하면서, 김지훈의 검에 스탯 청을 불어넣었다.

지이이잉…….

검에서 푸른빛이 번뜩인다 싶더니, 금방 적합도가 오르는 청검.

'속도 최대한 조절한다고 했는데, 스탯이 올라서 예상보다 빨리 업그레이드되겠군.'

길가메시의 파편을 통해, 청색의 대기가 발전한 후.

스탯 청을 검에 부여하는 건, 더 손쉬운 일이 되었다.

"아니, 이 청검…… 또 빛이 났습니다!"

"벌써 또, 성장했나?"

"이러다가 금방 '성지한'의 이름을 받겠군……."

청검을 통해 오늘의 작업을 하려던 고엘프들이 이를 보고 화들짝 놀랄 때.

"어. 이 검도…… 조금이지만 빛이 번뜩입니다."

다른 청검을 들고 있던 고엘프도, 자신의 검을 들어 보였다.

'정말이네?'

김지훈 말고도, 검이 성장할 수가 있다니.

성지한은 이를 알아보기 위해, 검 안에서 조심스레 살펴보았다.

확실히, 김지훈처럼 확 오르는 건 아니지만, 조금씩 청을 더 품기 시작하는 다른 청검.

그리고 이건, 그 검만 그런 게 아니었다.

"이 청검도, 자극을 받은 것 같은데?"

"이그드라실께서 축복을 내려서 그런가…… 고위 청검은 모두가 다 성장하고 있다."

"이종친화 기프트가 성장한 게, 연관성이 있는 건가?"

"이거…… 고무적인 결과군요."

이그드라실의 축복으로 인해, 기존의 남자 하프 엘프가 받은 혜택이라곤 '이종친화' 기프트 등급이 상승한 것뿐.

이는 이미 종족 변환한 이들에겐 별 혜택도 없고, 오히려 남자 하프 엘프 경쟁자만 늘어나는 상황이었는데.

어째, 예상치 못한 효과가 나타나고 있었다.

'이종친화의 등급은 하프 엘프가 될 성공률만 높여 줄 뿐. 적합도와는 큰 상관 없다고 알려져 있었는데…… 신기하군.'

성지한은 김지훈의 주변에 꽂힌 청검을 모두 살펴보았다.

확실히, 지금까지와는 달리 성장할 여지가 생긴 이들.

다만, 올라간다 해 봤자 대부분이 0.3, 0.4퍼센트 정도에서 제한되고.

1퍼센트까지 성장할 검은 없어 보였다.

'이거, 조금 도와줘야겠네.'

청검의 성장에 있어선, 이그드라실과 이해관계가 비슷한 성지한.

지금까지는 성장하는 검이 김지훈밖에 없어서 다른 검을 막 성장시키기가 애매했지만.

이런 케이스라면 다르지.

스스스…….

그는 청을 은밀하게 운용하여, 주변 청검들의 성장을 돕기 시작했다.

번쩍. 번쩍……!

그러자, 주변 청검에서 일제히 푸른빛이 번쩍이면서.

검의 적합도가 일제히 상승하기 시작했다.

"역시 우주수의 축복……!"

"이그드라실께서는 역시 위대하십니다."

"혹시, 김지훈의 청검처럼 이들도 계속 성장하는 걸까요?"

"그럼 좋겠는데 말이죠."

청검이 성장하는 걸 보면서, 고엘프들은 이그드라실을 찬양하면서 이들이 김지훈처럼 성장하기를 기대했지만.

'그럴 순 없지.'

정작 검을 성장시킬 수 있는 성지한은 그럴 생각이 없었다.

아무리 지금 스탯 청이 넘쳐 난다 해도, 적처럼 세계수로 충전되는 형식도 아니고.

이 능력은 그렇게 펑펑 퍼 줘선 한계가 금방 나타났다.

이번엔 자극만 줘도 알아서 성장하니, 청을 운용했을 뿐.

아까운 스탯 소모해 가며, 다른 검들 성장시킬 여유는 없었다.

'어차피 이번에 신입들도 많이 들어올 테니, 인류의 청을 흡수하는 일은 금방 속도가 붙겠지. 이렇게 별 힘 안 들이고 검을 업그레이드할 수 있는 기회가 아니면, 내 청은 아껴야 해.'

성지한은 그렇게 생각하며, 청을 다시 갈무리했다.

"성장, 여기까지가 한계인가……."

"그래도 이 정도만 해도 대단합니다."

"청의 흡수가 확실히 빨라지겠군요."

"이 별로 출장 오는 것도, 1년 안에 종료되겠군그래."

고엘프들은 청검의 번쩍임이 멎자 아쉬워했지만.

그래도 이 정도가 어디냐고 말하며, 빨리 지구 출장이 끝나기를 고대했다.

'니들 말대로, 1년 안에 끝내 줘야지.'

그래야 인류도 생명의 기운으로 반환당하지 않을 테니까.

성지한은 그렇게 생각하며, 이젠 얌전히 검의 역할을 하기로 했다.

스으으으…….

문양을 통해, 인류의 청을 흡수하는 청검.

검의 성능이 전반적으로 올라서 그런가, 속도가 예전보다 빨라진 것 같았다.

'이 정도 속도면…… 청검이 추가되면 결과가 생각보다 빨리 나올 수도 있겠어.'

김지훈의 성장, 더 빨리 촉진해야겠네.

그는 그렇게 결심하곤, 청검의 역할을 계속 수행했다.

* * *

[녹색의 관리자, 인류에게 '이종친화'를 선물로 주다]

[성좌의 통 큰 결단, 인류도 이에 보답해야]

[기존에 기프트를 가지고 있던 사람은, 다음달 1일까지 양자택일해야]

[국가대표 중 일부, 벌써 이종친화를 선택했다고 밝혀]

[남자 하프 엘프 전성시대, 끝나나? 광고주들, 계약 진행을 꺼려]

전 인류의 후원 성좌가 된 이그드라실.

그녀가 제공한 기프트, 이종친화는 인류의 사회상을

한 차례 바꿔 놓았다.

—크, 나도 이제 남자 하프 엘프 되는 건가?

—하 개들 꿀빠는 거 부러웠는데 잘됐네.

—남자는 그래도 이종친화 있어도 확률 낮잖아 여자들이야말로 하프 엘프 되는 경우 엄청 많겠는데?

—ㄹㅇ 이러다 거리에 하프 엘프만 보이겠어

—근데 이종친화까지 받았는데 적성시험 떨어지면 어떻게 하지…….

—그냥 인생 여기서 더 망하는 거지 뭐 ㅋㅋㅋ

그동안은 소수만 지니고 있었던 기프트 이종친화.

하나 이게 모두에게 주어진 후, 사람들은 다들 다음달에 있을 적성검사에서 자신들이 하프 엘프가 될 꿈을 꾸고 있었다.

특히 여자는 남자보다 성공 확률이 높아서.

다음달이 지나면, 정말 거리에 여자 하프 엘프만 빼곡히 보일 거라는 예측이 우세했다.

그리고.

—남자 하프 엘프들 갑자기 배틀튜브 키기 시작하더라 ㅋㅋㅋ 어설프게 개인방송 하던데 게임도 하고.

—아니, 맨날 놀고 먹는 애들이 왜 갑자기 그런대?

—다음달 되면 이제 경쟁자 대거 나오잖아 위기의식 느낀거지 뭐.

—김지훈처럼 미리 다져 놓은 애들이 승자인가 그럼 ㅋㅋㅋ

—에이 김지훈이야 하프 엘프 숫자 많아져 봤자, 총독부에서 관리 대상인데…… 급이 다르지 않겠음?

주가가 하늘 높이 치솟던 남자 하프 엘프들도, 이런 사회 분위기 변화에 위기의식을 느끼고 있었다.

다음 달이 되면 지금까지와는 차원이 다른 숫자의 경쟁자들이 쏟아질 테니.

어떻게든 미리 준비를 해야겠다는 이들이, 이제 와서 배틀튜브를 키는 등 대외활동을 시작한 것이다.

그래도 김지훈급 정도 되는 집중 관리 대상은 별 타격 없을 거라고 사람들은 생각했지만.

그에게도 이 일의 여파는 미치고 있었다.

"아고…… 어쩌죠? 정말 죄송해요. 갑자기 광고주 쪽에서 광고 계약을 전면 보류했어요."

대기 길드의 길드 마스터실.

이하연은 김지훈을 보면서 미안한 표정으로, 고개를 숙였따.

"왜죠? 설마 다음 달까지 보겠다는 겁니까?"

"표면상의 이유로는 저번에 광고 찍으려다가 취소된

것도 있고. 대외적인 변수가 너무 많아서 미루겠다는 거지만…… 아무래도 속셈은 그거 같아요. 다음 달에 남자 하프 엘프가 얼마나 나올지 알 수 없으니, 그때 가서 다시 계약 이야기하자는 거죠."

"대기업이 더하네요."

"예…… 원래 그렇죠."

이하연이 쓴웃음을 지으며 고개를 끄덕이자.

'그러고 보니, 이하연은 어떤 선택을 했지?'

성지한은 그녀도 이종친화를 받았음을 떠올리며, 질문했다.

"길드 마스터께선 기프트, 어떻게 하실 생각이십니까?"

"저요? 전 육성 그대로 가지고 있어야죠. 이게 저희 길드의 아이덴티티인데."

그러면서 이하연은 목소리 톤을 살짝 낮추었다.

"그리고 사실…… 여자 하프 엘프는 돼도 큰 메리트가 없거든요."

그러면서 김지훈 뒤에 있는 엘프 호위의 눈치를 살짝 보던 이하연은.

그녀가 별 미동 없자, 말을 이어 나갔다.

"물론 초심자 입장에서야 되면 좋지만, 이미 레벨이 어느 정도 높은 플레이어는 굳이 바꿀 필요가 없어요."

"아하, 그렇습니까."

"네. 여자 하프 엘프는 국내 로또 1등, 남자는 미국 로또 1등이란 이야기가 괜히 있는 게 아니에요. 가영이도, 하프 엘프 될 생각은 없지?"

"네. 제가 남자였으면 도전해 봤을 테지만 말이죠."

남녀 하프 엘프의 가치가 그 정도로 차이가 났나.

'하긴, 쟤들이 하프 엘프 만드는 이유가 애초에 청검 양산을 위해서였으니까. 총독부에선 나 닮은 남자 하프 엘프만 중요하게 여기겠지.'

뭐 어차피 1년 뒤면 죽을 상황에, 누가 중용받는 게 뭐가 중요하겠냐마는.

어쨌든 이미 기반을 잡은 여성 플레이어들은 굳이 하프 엘프가 될 생각을 하지 않았다.

그럼 문제는.

"남자 플레이어들은 많이 바꾸려고 하겠네요."

"그게 좀, 문제예요…… 총독부에서도 확실하게 대우해 주는 게 남자 하프 엘프다 보니. 기존의 랭커들도 고민하는 분들이 많아요."

그러면서 이하연이 한숨을 푹 쉬었다.

"특히…… 검왕님도 좀. 아예 생각이 없는 건 아닌 거 같은데."

"검왕님이요? 그분이 왜…… 이미 미국 로또 이상 아닌가요?"

"그러니까요. 저는 당연히 안 하겠다고 하실 줄 알았는데. 고민 중이라고 말씀하셔서요."

그 아저씨는 또 왜 그래.

성지한은 자신도 모르게 미간을 찌푸렸다.

SSS급 기프트, 쌍검의 극의를 포기하고 이종친화를 한다는 게 말이 되는 소리야?

"이종친화 택했다가 남자 하프 엘프 안 되면 이도 저도 안 될 텐데요."

"맞아요. 그래서 그런 쪽으로 설득을 계속하고 있는 상태예요. 제발 재고해 달라고."

"현명한 선택, 하셨으면 좋겠네요."

"에휴…… 대체 무슨 생각이신지."

"그럼 전 오늘의 게임 하러 가겠습니다."

"앗. 네네. 저도 광고주한테 다시 한번 이야기해 볼게요."

김지훈은 고개를 끄덕이고는, 길드 마스터실을 나섰다.

그리고 그가 커넥터 룸에 들어가려는 순간.

'저 아저씨는 왜 또 여기서 분위기 잡고 있어.'

커넥터 룸의 입구 옆에, 팔짱을 끼고 있던 검왕 윤세진이 눈에 들어왔다.

무시하고 그냥 들어가기엔 워낙 존재감이 큰 상대라.

"안녕하세요. 검왕님."

김지훈은 가볍게 고개를 숙이곤, 커넥터룸으로 들어가

려 했다.

그때.

"김지훈 씨. 당신도…… 제가 멍청하다고 생각합니까?"

윤세진이 천천히 입을 열었다.

지금 기프트를 고민하는 거 자체가, 멍청한 짓이라는 걸 알긴 아는 모양이네.

그래도 김지훈은 아무것도 모르는 척 이를 되물었다.

"그게 무슨 말씀이신지?"

"길드 마스터실에서 나누신 대화, 다 들었습니다."

이 양반은 그걸 또 엿듣네.

검왕급이나 된 주제에 진짜 할 짓 없다고 생각하면서, 김지훈은 그에게 말했다.

"아…… 예. 뭐, 굳이 SSS급 기프트 있는데. 적성검사를 다시 보는 걸 고민하는 거 자체가 이해가 되진 않아서요. 이종친화가 있다고 남자 하프 엘프가 다 되는 것도 아니고요."

"그렇군요……."

김지훈의 정론에, 고개를 끄덕이던 검왕은.

"그럼. 한 가지 더 물어도 되겠습니까?"

갑자기 눈빛이 변하며, 김지훈의 일거수일투족을 살피기 시작했다.

"예. 말씀하세요."

"혹시, 혹시 말입니다만."

"……?"

"소드 팰리스의 펜트 하우스에, 가신 적이 있습니까?"

아니 뭔 소리를 하나 했더니.

설마 그때 머리카락 하나 주운 거 때문에 이러는 거야?

'아 그냥 쥐어 패고 기억 되찾게 할까?'

한때 신세를 졌던 매형이라 웬만하면 험하게 대하고 싶지는 않았는데.

왜 이렇게 사소한 걸 집착하고 있어.

성지한이 진심으로 이 사람을 어떻게 해야 하나 고민하고 있을 때.

"아빠…… 지금 뭐 해?"

"……어? 세, 세아야?"

저벅. 저벅.

길드의 통로 너머에서.

싸늘하게 굳은 표정의 윤세아가 걸어왔다.

* * *

'쟤는 여기 왜 있어.'

성지한이 기록말살형을 당할 때, 자기도 자진해서 펜트하우스에서 백수 생활을 즐기고 있는 윤세아.

대기 길드의 사람들과도 이제는 연이 끊어진 그녀였는데, 왜 여기 있는지 성지한은 의아했지만.

그걸 겉으로 드러내진 않았다.

어차피 그 의문점은.

"여, 여기에 무슨 일이니?"

윤세진이 대신 풀어 줄 테니까.

그리고.

"나 여기서 알바 시작했어."

"아. 알바……? 네가 왜 그런 일을…… 혹시 용돈이 부족하니?"

"용돈이 부족하긴 무슨. 그냥 집에만 있기 심심해서 나온 거야."

윤세아는 그의 의문에 가볍게 대답했다.

'심심해서 알바라니…… 할 것 없어 보이긴 했다만.'

윗집에 올라갈 때마다 무료한 표정으로 소파에서 뒹굴던 윤세아였으니.

사람이 할 일이 없어서 심심해 보이긴 했다.

그래도 당장 업무만 없을 뿐.

나중에 아레나의 주인으로 나름 처리할 게 많을 텐데, 이렇게 알바할 시간이 있나?

성지한이 그리 생각할 즈음.

"아빠, 근데 아까 왜 김지훈 님한테 펜트하우스 갔냐고 물어봤던 거야?"

"아. 그건……."

"설마 저번에 바닥에서 주운 머리카락 때문에 그런 건

아니지?"

"크. 크흠……."

윤세진이 헛기침을 하며 시선을 피하자, 윤세아가 한숨을 쉬더니 김지훈에게 와서 고개를 숙였다.

"죄송해요. 아버지가 터무니없는 오해를 하시는 것 같아서……."

"아, 괜찮습니다. 이번 기회에 오해가 잘 풀리셨음 좋겠네요."

"말씀 감사합니다. 아, 혹시 커넥터룸 이용하실 생각이신가요?"

"그렇습니다만……."

김지훈이 고개를 끄덕이자, 윤세아가 웃으며 커넥터 룸의 문을 열었다.

"앞으로 김지훈 님의 제반 업무를 서포트하게 된, 윤세아라고 합니다. 잘 부탁드릴게요~."

"아니. 뭐……? 네가, 이 사람의 서포트를……?"

"응."

비서 같은 업무를 하는 건가?

하긴. 지금까지는 길드 마스터가 대신해 주는 게 많았지만, 언제까지 그녀가 맡을 수는 없는 노릇이지.

근데.

'김지훈 정도의 중요도를 지닌 인물이면, 알바한테 서포트를 시킬 거 같지는 않은데 이상하네.'

윤세아는 어디까지나 아르바이트로 온 직원.

길드에서 가장 중요한 인력이라고 할 수 있는 김지훈 서포트를, 갓 들어온 신입에게 맡기는 건 쉽게 이해하기 힘들었다.

사실, 길드 내 사정을 알아도 김지훈이 더 잘 알지.

길드 들어온 지 며칠 되지도 않는 윤세아가 잘 알겠는가.

'나중에 어떻게 된 일인지 물어봐야겠는데.'

성지한이 그리 생각하며 윤세아를 바라보자.

"그럼 들어가실게요."

그녀는 윙크를 찡긋 하고는 김지훈을 전용 커넥터 자리에 안내했다.

"……허."

그리고.

딸이 그렇게 웃음 지으며 남자 하프 엘프를 안내하는 걸 본 윤세진은.

허탈한 웃음을 흘렸다.

김지훈이 오기 전까지, 길드에서 가장 중요한 플레이어 1명을 꼽자면 바로 검왕 윤세진이었는데.

그도 이렇게까지 케어를 받은 기억은 전무했다.

근데 저놈은, 아무리 남자 하프 엘프가 되었다고 해도 그렇지.

길드에서 이렇게까지 챙길 수가 있나.

'……남자 하프 엘프가 되기 위해선 쌍검의 극의를 포기해야 한다는 게 아쉽군. 그렇지만 않았어도, 도전해 볼 텐데.'

SSS급 기프트, '쌍검의 극의'가 대체되지만 않았어도.

윤세진은 진지하게 적성검사에 도전할 의향이 있었다.

하지만, 그를 검왕의 자리까지 올려 준 기프트를 포기하면서까지.

남자 하프 엘프가 되는 건, 확실히 말이 안 되는 일.

'그래…… 허튼 생각은 그만두자.'

윤세진은 둘이 들어간 커넥터룸의 문을 보면서, 자신의 충동을 가라앉혔다.

그래.

전사 1위가 무슨 하프 엘프 되겠다고, 처음부터 다시 시작을 하나.

윤세진이 그렇게, 미련을 버리려 할 때.

[성좌 '녹색의 관리자'가 SSS급 기프트를 소유한 인류 플레이어들을 살펴봅니다…….]

지이이잉……

그의 눈앞에, 녹색의 메시지창이 떠올랐다.

['녹색의 관리자'가 SSS급 기프트를 소유한 플레이어들에게 특별한 축복을 내립니다.]

['기프트' 슬롯이 1칸 늘어납니다.]

[늘어난 슬롯에선, '이종친화' 기프트만 장착할 수 있습

니다.]

"……이건."

아니, 방금 마음을 다잡았는데.

타이밍이 이럴 수가 있나?

윤세진은 자기가 헛것을 보는 건지 몇 번 눈을 깜빡였지만.

[이종친화 기프트를 추가로 장착하시겠습니까?]

메시지가 계속해서 떠오르자, 이것이 현실임을 깨달았다.

"……장착한다."

성좌께서 이렇게 판을 깔아 줬는데, 안 할 순 없지.

윤세진은 입꼬리를 올리며, 메시지에 응답했다.

* * *

[인베이드 게임에서 1등을 기록했습니다.]

[레벨이 5 오릅니다.]

김지훈이 가볍게 게임을 끝낸 이후.

그의 배틀튜브 채팅창에는 시청자들의 채팅이 올라왔다.

-오늘은 사람이 좀 적네

-남자 하프 엘프들이 배틀튜브를 많이들 틀어서 그럼ㅋㅋ

-오늘 게임에서도 보였잖아 경쟁팀으로

-그래도 김지훈이랑은 확실히 컨트롤 차이가 좀 나더만

-ㄹㅇ 남자 하프 엘프 중에서 전투 센스는 제일 좋은 듯?

-그거도 이제 얼마 안 남았다 ㅋㅋ 이제 남자 하프 엘프 쏟아져 나올 거니까

'확실히 기프트 부여 이후, 채팅창 분위기가 꽤 바뀌었군.'

성지한은 김지훈의 배틀튜브에서 올라오는 채팅을 보곤 그리 생각했다.

예전에는 남자 하프 엘프가 배틀튜브를 켜는 숫자 자체가 적어서, 그냥 켜 주시기만 해도 고맙다는 분위기가 지배적이었다면.

이제는 다음 달이면 신참들에 의해 너 망할 거라는 소리가 심심찮게 보였다.

'그동안 사람들이 많이 티는 안 냈지만, 남자 하프 엘프를 상당히 질투하고 있었네.'

하기야.

70억 인구 중에서도 극히 소수에 불과한 남자들이.

랜덤으로 뽑힌 거나 다름없었으니까.

그동안은 총독부가 남자 하프 엘프를 특별하게 취급하

고 관리해서 잘 드러나지 않았을 뿐.

실상 사람들의 속마음은 이런 경우가 상당했다.

"경쟁자 늘어나면 재미있겠네요. 그럼 내일 또 이 시간에 뵙죠."

삑.

성지한이 그리 말하고, 배틀튜브를 끄자.

"수고하셨습니다~."

커넥터 밖에서, 윤세아가 웃으며 그를 반겼다.

"기다리고 계셨습니까? 안 그러셔도 되는데……."

"이게 제 일인걸요~."

활기차게 대답하는 윤세아.

그런 그녀를, 성지한을 호위하는 엘프 호위가 묵묵히 바라보고 있었다.

'세아한테는 조용하네.'

주 업무가 감시긴 했지만.

그래도 엘프 호위는 외부에서 김지훈에게 접근해 오는 사람들을 종종 차단해 오곤 했다.

근데 윤세아는, 길드 직원이라 그런지.

얼마든지 가까이 다가와도, 별 터치가 없었다.

"그럼 이제 게임이 끝나셨으니, 귀가하실 건가요?"

"그래야죠."

김지훈이 그렇게 대답하면서 나가려 할 때.

"아."

커넥터룸에 들어오는 이하연과 마주쳤다.

"아. 저…… 벌써 서포트, 받고 계시네요."

이하연은 김지훈의 뒤편에 있는 윤세아와 그를 번갈아 바라보더니.

"김지훈 님, 아까 못다 한 말씀이 있어서 그런데, 길드 마스터실로 와 주시겠어요? 세아 씨는 퇴근하셔도 돼요."

"알겠습니다~."

그를 길드 마스터실로 다시 불렀다.

그렇게 윤세아가 사라진 상태에서, 길드 마스터실로 들어선 이하연은.

"윤세아 씨 건, 놀라셨죠? 벌써 일을 진행할 줄은 몰라서, 미리 말씀 못 드렸어요."

그에게 미안한 듯 고개를 숙였다.

"갑작스러워서 놀랍긴 했습니다. 거기에 전 굳이 서포트가 필요 없는데요. 엘프 호위님도 있고."

"그게……."

이하연이 엘프 호위 쪽을 힐끗 바라보더니, 말을 이어갔다.

"사실 세아 씨도, 총독부에서 파견 온 분이세요."

"……총독부에서요?"

"네. 총독부에서 윤세아씨를 김지훈 님 담당으로 보내라고 공문이 들어와서요…… 교육이 끝나면 소개시켜 드리려 했는데, 저렇게 먼저 서포트 업무를 진행할 줄은 몰랐네요."

총독부에서 윤세아를 파견시키다니.

이건 또 무슨 소리야.

'본인한테 뭔 일인지 들어 봐야겠네.'

성지한은 그리 생각하곤, 고개를 끄덕였다.

"총독부에서 파견한 거면 어쩔 수 없죠. 그, 호위께서도 알고 계셨습니까?"

"예. 총독부와, 특히 총독과 접점이 있는 분입니다."

"그, 그렇구나…… 총독과의 접점이라니, 내일부터 다시 윤세아 님이라고 불러야겠네요."

표면상으로는 아르바이트로 위장했지만, 사실은 총독과 연결된 비선.

이 정도면, 누가 봐도 수상쩍은 상대였다.

'상대가 세아가 아니었으면, 당장 환염을 썼겠네.'

어디 본인한테 무슨 일인지 물어봐야겠네.

"알겠습니다. 저도 그분을 조심히 대해야겠네요."

"네…… 미리 말씀 못드려서 죄송해요."

"아닙니다. 그럼 가 보겠습니다."

성지한은 길드 마스터실에서 나와, 김지훈의 몸을 놔두곤 펜트하우스로 올라갔다.

그러자 거기엔, 윤세아가 성지한을 기다리고 있었다.

"왔어?"

"어. 뭐야. 갑자기 웬 서포트?"

"아. 연합 총독이 김지훈 몸, 공허 체크 좀 해 달라고 그러더라고."

"공허를?"

"응. 김지훈이 우주수의 검으로 선택받을 수 있다며? 그래서 빨리 성장시키잔 이야기가 나왔나 봐."

우주수 이그드라실이 '성지한'의 이름을 부여하기로 한, 김지훈의 청검.

부하인 총독이 이를 위해 열심히 뛰어다녔나 보군.

"근데 그거랑 서포트하러 오는 거랑은 뭔 상관이냐."

"나도 뭐, 집에만 있으니 심심하기도 하고…… 그리고 김지훈 길드에 있을 때 케어를 해야, 아리엘이 조종 실패하거나 할 때 내가 도와줄 수 있잖아."

"아. 그건 좋네."

"응. 그래서 아까 김지훈 커넥터에 있을 때, 공허 체크도 한 번 했어. 또 넣어도 되겠던데?"

성지한은 그 말에 고개를 끄덕였다.

"다음 검의 전당 때 공허 부여해 줘. 청검도 슬슬 성장시킬 거니까."

"속도 내려고?"

"어. 그러고 보니 너나 누나는, 이그드라실 후원 안 받았지?"

"당연히 안 받았지. 공허 소속인데. 근데 왜?"

"이종친화 부여에 함정이 있거든."

그러면서 성지한이 이종친화가 1년 뒤에 생명의 기운으로 뒤바뀌어 이그드라실에게 귀속된다고 알려 주자.

윤세아가 눈을 동그랗게 떴다.

"헐…… 큰일이네 그럼? 그거, 아빠는 있는 거 같던데."

"어. 그러니까 그 전에 청검을 완성시키고, 이그드라실을 베어야지."

"알았어. 나도 전력으로 도울게. 아. 아빠 설마 남자 하프 엘프가 되겠다고 하는 건 아니겠지……?"

"설마."

아무리 그래도 SSS급 기프트를 버리고 남자 하프 엘프로 다시 시작할까.

이그드라실의 새 후원 내용을 모르는 둘은, 그렇게 생각할 수밖에 없었다.

"그럼, 난 일하러 갈게."

"연합에 쳐들어가게?"

"어. 청검 양산되기 전에 B급 행성 쪽 돌아야지."

"응. 갔다 와."

파스스스……

붉은 포탈이 열리고.

성지한은 B급 행성의 좌표를 향해 이동했다.

'확실히 A급이 수비 태세가 강했네.'

A급은 이동하자마자 성지한을 바로 감지하더니.

B는 그 정도로 방비가 튼튼하진 않았다.

성지한은 대기권에 들어서서, 세계수가 있는 곳을 찾아보았다.

'흠. 또 윤세아 얼굴의 수비대가 잔뜩 포진되어 있군.'

청검의 보급보다, 얼굴 바꾸는 게 더 손 쉬우니 저렇게 모두를 뒤바꾼 건가.

'B급은 털어야지. 이젠 그냥 없애자.'

길가메시의 파편을 성장시키는 데 사용했던 영원이나.

스탯 적을 충전하기 위해선, B급은 확실히 털어야 했다.

여기서 윤세아 얼굴 때문에 방해받아서야, 더 이상 능력을 충전할 보급처가 사라지지.

성지한이 그렇게 이제는 공세로 전환하자고 마음먹을 때.

[굳이 얼굴 보러 내려갈 필요 있나?]

'응?'

[원거리에서 폭격하면 그만 아닌가. 저쪽은 청검도 없어 보이는데.]

적색의 관리자가 그에게 의념을 보내왔다.

'그러네.'

청검을 장착한 하이 엘프 부대라면, 초장거리에서 가하는 폭격을 막을 수 있겠지만.

검 없이 얼굴만 변형한 이들이라면, 적색의 권능을 이겨 내진 못하겠지.

성지한은 고개를 끄덕이곤.

무극멸신武極滅神

천뢰봉염天雷鳳炎

적뢰무한赤雷無限

세계수 근처를 향해, 적뢰를 쏟아부었다.

파지지직……!

그의 폭격에, 얼굴이고 뭐고 순식간에 타올라 쓰러진 엘프들.

'쉽네.'

성지한은 그렇게 초장거리에서 하이 엘프를 전멸시킨 후, B급 세계수를 가볍게 흡수했다.

['B급 세계수'가 명계에 흡수됩니다.]

[청에 의해, 세계수의 흡수 효율이 크게 떨어집니다.]

[스탯 적이 250 오릅니다.]

'오늘 날린 스탯, 다 보충해야겠다.'

청검이 저들에게 대거 보급되기 전에.

게시판 리스트에 올라와 있는 B급 행성은 반 이상 털어야지.

'바쁜 하루가 되겠어.'

그는 슬쩍 웃고는, 다시 포탈을 열었다.

그리고 다음달 1일이 되었을 땐.

'이젠 갈 데가 거의 없군…….'

리스트에 있던 B급 행성 대부분이, 적색의 관리자에 의해 파괴된 상태였다.

* * *

세계수 연합의 원로원.

"……개척 행성에서 정식으로 승격한 연합의 소속 행성 78곳이 파괴되었습니다. 피해를 입은 행성들은, 예전에 배틀넷 게시판에 올라왔던 연합 행성 리스트에 올라와 있는 곳이었습니다."

"……."

상석에 앉은 이그드라실은 딱딱하게 굳은 얼굴로 피해 상황을 보고받고 있었다.

연합의 정식 소속 행성.

개척 단계에서 한 단계 발전하여, 세계수 연합에 실질적인 기여를 하는 행성이.

요 며칠 사이에 너무나도 손쉽게 파괴되었으니까.

"저번엔 영역의 절반을 잃었는데, 이젠 실질 전력의 반이 날아갔네."

"……아직 군단의 힘은 보존되어 있습니다만. 이대로라면 전력이 손실되었을 때 이를 회복하는 게 쉽지 않을 전망입니다."

"그래…… 최근, 적색의 관리자의 행동이 너무 빨라졌어."

"맞습니다. 마치, 청검의 양산 소식을 아는 것 같았습니다."

"맞아. 아무래도 이쪽의 정보가 새어 나가나 보네. 지구에 끄나풀이 있는 건가……."

탁. 탁.

의자를 두드리며, 생각에 잠겨 있던 이그드라실이 입을 열었다.

"오늘 적성검사가 시행되나?"

"네."

"그럼 SS급 기프트를 지닌 이에게도 기프트 슬롯을 줘야겠어."

"그, 그러면 우주수께서 너무 많은 힘을 쓰시는 것……아닙니까?"

"과하지."

기프트 슬롯 추가.

이건 관리자인 이그드라실이라고 해도, 상당히 많은 대가를 치러야 하는 일이었다.

그래서 SSS급 기프트를 지닌 이들에게만, 선제적으로 기프트 슬롯을 부여했던 건데.

SS까지 이를 추가하면, 이그드라실이 인류에게 투자한 비용이 너무 커진다.

그럼에도.

"적색의 관리자가 등장하고 잃은 게 너무 많아. 이 전투, 오래 끌수록 우리만 손해야. 과하더라도 일찍 끝을 내는 게 맞아."

"알겠습니다."

"그리고 이제 남은 행성 사이엔 항시 포탈을 개방해 둬. 언제든 출동할 수 있게. 나도, 이 아바타로 직접 나서겠어."

"우주수께서 직접……!"

"알겠습니다……!"

세계수 연합의 막심한 피해를 보고, 친정을 하겠다고 선언한 이그드라실은.

"검사가 끝나면, 결과를 나에게 보고하도록. 나는 이제부터 후원에 들어갈 테니까."

"알겠습니다."

"이번엔 기존 기록, 경신을 했으면 좋겠네."

자리에서 일어나, 원로원 회의장에서 나갔다.

그렇게 이그드라실이 직접 SS급 기프트를 지닌 남자 플레이어에게도, 기프트 슬롯을 1개씩 추가한 지 얼마 안 되어.

인류의 적성검사가 시작되었다.

* * *

적성검사 당일 날.

"와…… 시청자가 평소에 비하면 아예 없는 수준이네."

"그러게. 진짜 없다."

윗집에서 가족들과 이를 지켜보던 성지한은 눈을 크게 떴다.

적성검사 때만 되면 셀 수 없이 몰려들던 시청자들이.

이제는 한국 국가 채널에 몇만 명 정도로 숫자가 확 줄어든 상태였다.

—와, 사람 왜 이렇게 없음?

—평소 보던 사람들 죄다 검사받으러 갔잖아 ㅋㅋㅋ

—그럼 지금 이거 보고 있는 분들은 죄다 하프 엘프들이신가요?

—남자 하프 엘프 이제 어떻게 하죠…… 지금까지 꿀 빤 거 경쟁자 팍팍 생기면 다 사라질 텐데 ㅠㅠ

—그래도 우린 꿀이라도 빨아 봤지 재네는 그런 거도 없음…….

—여자는 남자처럼 혜택 많이 누리지도 못했는데 ——

여기가 더 문제거든요?

–그러니까; 배출 인원도 여자 하프 엘프가 훨씬 많을 텐데 왜 호들갑이야.

채널에는 하프 엘프들끼리 모여서, 누가 더 망했냐를 가지고 싸우는 사람들.

숫자가 여자 하프 엘프가 훨씬 많아서 그런지, 남자들의 우는 소리는 배부른 투정으로밖에 취급을 못 받았다.

그렇게 한참 채팅창에서 키보트 배틀이 벌어질 무렵.

적성검사장의 줄이 조금씩 줄어들기 시작했다.

–사람이 근데 많아도 너무 많네;

–주말에 놀이공원 가도 이거보단 줄 덜 서겠다…….

–하, 저는 이만 볼랍니다 봐 봤자 뭐 해요 이거 어차피 경쟁자들만 대거 양산될 텐데.

–ㄹㅇ 줄서는 거만 보니까 노잼 ㅋㅋㅋ

사람이 바글바글한 적성검사장을 보고, 시청자들이 하나둘씩 리타이어하고 있을 때.

–어?? 근데 저 사람 검왕 아님?

–헐, 진짜네??

시험장에서 검왕 윤세진을 발견한 시청자들에게서, 채팅이 주르륵 올라오기 시작했다.

—아니 아무리 기프트 슬롯 한 개 추가됐다고 해도…… 검왕급 플레이어가 남자 하프 엘프가 된다고?
—남자 하프 엘프 되면 레벨 2부터 시작하는 거 아니에요?
—그런 거로 알고 있음;
—헐, 미국의 배런도 적성검사장에 나타났다네요
—인류는 누가 지킴 이러면 ㅋㅋㅋㅋ
—누가 지키긴 연합에서 보호해 주잖아.
—아 맞네 어차피 식민지라 상관없구나.

남자 플레이어 중, 쟁쟁한 이들이 대거 참석한 적성검사장.

그 중에선 국가대표에서 중추를 맡고 있는 플레이어도 여럿 있었다.

“아니…… 아빠. 진짜 저기 간 거야? 내가 어제 전화로 그렇게 말렸는데.”

“네가 말렸어?”

“응. 기프트 슬롯 추가됐다고 이건 성좌님이 도전하라는 뜻이라고 이야기하기에, 그러지 말고 그냥 지금처럼 있자고 해도 말 안 들으시더라…… 에휴.”

“네 아빠, 뭐에 빠지면 거기에 몰두하는 스타일이라 그래. 이제 지한이 닮은 사람들 거리에 바글바글하겠네…….”

“그래도 이종친화 있어 봤자 남자 하프 엘프가 될 확률은 1퍼센트 미만 아닌가?”

“35억 중에 1퍼센트만 돼도 3500만이니까. 뭐.”

인류의 반이 남자고.

그중에서 1퍼센트만 돼도 청검이 3500만 자루 나오는 건가.

‘……이거, 청 금방 모으겠는데?’

1년이 뭐야.

3500만 자루면 한 달도 안 돼서 끝나는 거 아닌가.

‘이럴 줄 알았으면, A급 세계수에게도 공세를 취할 걸 그랬나.’

성지한은 그렇게 생각하며 스탯창을 살펴보았다.

‘적은 900을 꽉 채웠고. 영원도 90…… A급 세계수를 친다고 해도, 크게 실익은 없긴 하다만.’

B급을 싹 다 돌면서, 길가메시에게 투자했던 영원은 이미 회수를 넘어서서 더 늘린 지 오래.

스탯 적도 900을 맞춘 이후론, 더 늘릴 수도 없었다.

A급 행성은, 굳이 무리해서 칠 필요가 없는 상황.

‘차라리 길가메시의 파편이 있다는 연구소 본진을 치는 게 낫겠네.’

3500만 청검이 양산되고.

이게 하이 엘프들에게 보급되면, 그땐 공세를 취하기 어려워질 테니까.

성지한은 적성검사가 완료되기 전에, 연구소 쪽을 노려야겠다고 생각했다.

물론 칼레인이 처음 말해 주었던 연구소는, 통칭 '세계수의 뿌리'라 불리는 S급 세계수가 있는 행성이라.

지금도 방비가 단단하기 짝이 없었지만.

'검사가 끝나고 나면, 엘프 군단이 검을 배정받기 위해 지구로 이동하겠지. 그때를 노리면, 오히려 전력이 분산된 틈을 잡을 수 있겠어.'

청검의 양산이 끝나고.

엘프 군단이 이를 받기 시작할 때.

그 시기를 노려서 길가메시의 파편이 있는 연구소 본진을 노리자.

성지한은 그리 생각하곤.

"으으…… 뭔 줄서기만 나오냐. 삼촌, 계속 볼 거야?"

"어, 타이밍 잡을 게 있어서."

"타이밍?"

"세계수의 뿌리 중 하나를 치게."

"헐, 거기를? 위험하지 않아?"

"검 나눠 줄 때, 빠르게 치고 빠지려고."

"그래도……."

윤세아는 그 말에 걱정스러운 표정을 지었지만.

"여차하면 성지한이 잠시 정신 차렸다 하면서 검 흡수하고 도주하면 돼."

"아, 그럼 뭐…… 괜찮겠다."

성지한의 해법에 고개를 끄덕이곤, 적성검사 화면을 계속 시청했다.

그렇게 몇 시간이 지났을까.

-생각보다 검사 통과율이 높지 않은 거 같은데?

-지금까지 카운트해 본 결과 남자는 0.1퍼센트도 안되는 듯,

-여자도 1퍼센트가 채 안 되는 거 같아요

-님들 그걸 세고 있었어요? ㄷㄷㄷ

-내일이면 실질적 실업자가 될 판국인데 당연히 세죠 ㅡㅡ

-역시 태생부터 이종친화가 없는 친구들은, 전환이 낮은가 봐 ㅎㅎ

-근데 0.1퍼센트라고 해도 남자 300만은 넘게 나오겠는데요……,

-300만, 하 ㅋㅋㅋㅋ 미쳤다 진짜

밥그릇이 걸린 문제라, 줄 서는 게 전부인 방송도 눈 빠지게 지켜보던 시청자들은.

하프 엘프가 된 이들을 카운트해 가면서, 자체적으로

확률을 계산하고 있었다.

"생각보다 확률이 더 낮게 나왔네."

"높게 나와야 청을 빨리 모을 텐데, 아쉽군."

아예 3500만 자루가 튀어나왔어야, 청도 그만큼 빨리 모였을 텐데.

이종친화를 강제로 부여한 게 원인인지, 하프 엘프로의 전환률은 생각보다 퍼센테이지가 낮았다.

거기에.

–우리나라는 높은 편이래요. 미국 같은 데는 집계결과 0.03퍼센트? 이쯤이라는데.

–헐, 왜 우리만 3배가 넘어;

–총독부가 있어서 그런 건가…….

–한국만 경쟁 박 터지겠네 ㅡㅡ

이 확률도, 다른 나라랑 비교하면 한국만 높은 편에 속했다.

다른 쪽은, 남자 하프 엘프가 0.03퍼센트로 훨씬 낮았으니까.

'이러다가 한 청검 100만 개 정도 생기고 끝날지도 모르겠군.'

100만 개도 기존에 비하면 훨씬 많은 편이긴 하지만.

성지한은 기존의 3500만 개일 것이라는 예측에 비해

숫자가 확 줄어들자 아쉬운 마음이 들었다.

검이 많아야 청의 흡수도 빨리 끝날 텐데 말이야.

'그건 그렇고. 서서히 남자 하프 엘프가 된 사람들도 나오니까…… 준비를 해야겠군.'

성지한은 자리에서 일어나, 아리엘을 소환했다.

"김지훈의 몸으로 수면을 취해서 검의 전당에 가 있어. 그래서 새로운 검들이 꽂히고, 엘프 군단이 오기 시작할 때 알려 줘."

"알겠다, 주인."

"이제 갈 거야, 삼촌?"

"어. 이번 침공이 적색의 관리자로선 마지막이 될지도 모르겠네."

엘프 군단이 대량양산된 청검을 장착하게 되면, 그때는 확실히 '적색의 관리자'로는 쳐들어가기가 힘들어질 테니까.

성지한은 그렇게 타이밍을 잡기로 하곤, 배틀튜브를 보며 아리엘의 소식을 기다렸다.

얼마 지나지 않아.

"검의 전당에 검이 조금씩 들어오고 있다."

"엘프 군단도 속속 도착 중이다."

"……고엘프, 참 많네. 하이 엘프는 발에 치일 정도고."

아리엘은 엘프 군단이 검의 전당으로 도착 중이라고 보고했다.

그리고.

"어, 삼촌. 방금 속보 떴는데…… 남산 주변의 사람들에게, 일제히 대피령이 내려졌어."

"남산이 포화상태에 이르렀나 보군. 검의 개수는 그 정도면 충분히 많아진 거 같은데……."

검의 전당이 실제로 자리한 곳은 남산의 총독부 쪽.

거기에 검이 죄다 꽂히고도, 자리가 더 필요한 건지 총독부는 사람들을 물리고 있었다.

"이제 슬슬 가야겠네."

이쯤이면, 청검을 받기 위해 저들의 전력도 꽤 공백이 생겼을 터.

물론 고엘프 정도면 검을 받고 되돌아오는 데, 시간이 오래 걸리진 않을 테지만.

'그건 이쪽도 마찬가지다.'

적 900을 달성한 적색의 관리자의 힘을 모두 발휘하면.

연구소까지 길을 뚫는 건 금방이겠지.

'그럼, 좌표를 다시 확인하러 죽은 별에 들렀다 가야겠군.'

성지한은 그리 생각하곤, 죽은 별에 이동했다.

그리고 칼레인에게 연구소의 위치를 다시 한번 물어보자.

"아, 좌표는 이건데…… 오늘 거기 가게? 세계수의 뿌리는 방어 태세가 장난 아닐 텐데."

"지금이 제일 방비가 약할 때거든."

"그래…… 거기 가는 게, 그때 가져온 파편 찾으러 가는 거지?"

"어."

"아, 그럼 잠깐만 기다려 봐."

그는 잠시 자리를 비우더니, 길가메시의 머리를 가지고 왔다.

"얘는 왜?"

"탐색용으로 개조하고 있었거든. 근데 탐색 범위가 영 늘어나지 않아서, 무슨 실험을 더 해 볼까 생각했는데……."

툭. 툭.

그러면서 그가 길가메시의 머리를 두드리자.

파아아앗……!

그의 두 눈에서, 푸른빛이 강렬하게 번뜩였다.

그러곤 주변을 스으윽 둘러보더니.

"파편. 없음. 파편. 없음."

파편이 없다고 외치는 길가메시의 머리.

성지한은 이를 흥미롭게 바라보았다.

"이거, 탐색 작동한 건가?"

"어. 행성 전체는 스캔이 안 되겠지만, 연구소 안 정도는 이놈으로 감지가 가능할 거야."

그 정도면 충분하지.

성지한은 머리를 들고, 칼레인에게 감사를 표했다.

"고맙다. 잘 쓰지."

"뭘, 여차하면 튀어. 아무리 방비가 약해도 세계수의 뿌리는 연합의 중추니까."

"그래."

성지한은 고개를 끄덕이곤.

파아아앗……!

머리를 든 채로, 포탈에 들어갔다.

6장

6장

[이상 반응 감지]

[에너지 반응, '적']

[특급 경보 발령]

[포탈 억제 기능 가동]

세계수의 뿌리라 불리는, S급 세계수 행성.

여기는 진입할 때부터, 강력한 저항이 나타났다.

'억제야 뭐 별거 없고.'

성지한은 막히려는 포탈을 가볍게 열곤 행성을 살폈다.

연구소의 위치, 대개 세계수 근처에 있었으니, 여기도 거기부터 찾아야겠지.

그는 세계수를 찾기 위해 생명의 기운을 살피다가 미간을 찌푸렸다.

'흠…… 근데 짙은 생명의 기운이 느껴지는 곳이 두 군데네.'

원래는 한 행성 당, 세계수 하나였는데.

여기는 이상하게 두 군데에서 비슷하게 느껴지는군.

'둘 다 들러야 하나…… 시간이 생각보다 지체되겠어.'

엘프 군단이 청검을 가지러 모였을 때, 빨리 길가메시 파편 찾아야 하는데.

성지한이 그렇게 두 장소를 두고 고민에 빠질 즈음.

"파편. 있음. 파편. 있음."

들고 있던 길가메시의 머리가 두 눈에서 푸른빛을 발했다.

그가 가리키는 건, 북쪽의 생명의 기운.

'오, 이 거리에서도 감지를 하네.'

성지한은 머리의 탐지를 믿어 보기로 하고, 빛이 향하는 곳을 향해 이동했다.

슈우우우…….

거리를 좁히자 나타난 건 세계수가 아니라 커다란 목조 건물.

역삼각의 형태로 건물을 지탱하는 땅 쪽 면적이 훨씬 작은 특이한 양식이었다.

'이런 건물에, s급 세계수에 버금가는 생명력이 느껴지

다니…….'

엘프 연구소의 본부라도 되는 건가.

성지한은 건물을 잠시 살피다, 일단은 할 일부터 끝내기로 마음먹었다.

"여기서 어디 있냐?"

"파편. 있음."

성지한의 물음에, 또다시 눈에서 빛을 쏘아내는 길가메시의 머리.

칼레인이 어떻게 개조했는지, 할 줄 아는 말이 파편 있음과 없음.

둘밖엔 없어 보였다.

'일단 따라가 볼까.'

성지한이 머리를 들고 빛이 향하는 곳으로 진입했다.

나무 재질이지만, 그 어떤 금속보다도 단단해 보이는 목조건물의 외벽이었지만.

화르르륵……!

그가 손으로 가볍게 적멸을 쏘아내자.

곧바로 길이 뚫렸다.

'적도 900이 되니까 확실히 더 강해졌네.'

청검으로 어설프게 만든 방어진 정도는, 가볍게 꿰뚫을 수 있겠어.

'엘프 군단 중 일부가 청검을 받아 들고 구원군으로 온다면, 오늘은 가차 없이 밀어야겠네. 길가메시의 파편이

제일 중요하니까.'

윤세아 얼굴을 한 청기사들과는, 그간 컨셉을 지키기 위해 충돌을 피했지만.

오늘은 청색의 대기를 업그레이드해야 하니, 성지한도 전력을 다할 생각이었다.

그래서.

"치, 침입자……."

"적색의 관리자다!"

"하필 지금, 쳐들어오다니…… 군단이 자리를 비운 틈에!"

"빨리 상부에 알려!"

우왕좌왕하는 연구원들이 죄다 윤세아의 얼굴을 띈다 해도.

치이이익……!

그는 가차 없이 이들을 싹 다 불태웠다.

[드디어 근거리에서 없애는군. 저 얼굴의 엘프를.]

'여기서 시간 오래 끌리면 안 될 거 같아. 컨셉이고 뭐고 오늘은 무조건 효율 중시다.'

[좋은 생각이다.]

'그런데 이런 연구소, 넌 들어 본 적이 있나?'

[이그드라실은 성좌 때부터 자신의 이름을 딴 연구소를 운용했다고 들었다. 이곳에 풍기는 생명의 기운을 보아하니, 그것과 연관이 있는 것 같군.]

그럼 여기가, 이그드라실 연구소인 건가.

'시간만 더 있어도 좀 둘러볼 텐데, 아쉽군.'

확실히 S급 세계수와 맞먹을 정도로 생명력을 지닌 연구소는, 살펴볼 게 많아 보였지만.

지금은 그렇게 여유 부릴 때가 아니었다.

"탐지해."

"파편…… 있음."

지이이잉…….

성지한의 명령에, 또다시 눈에서 빛을 쏘아내는 길가메시의 머리.

하나 이번엔 그 빛이 쭉 가다가.

"히, 히이익……."

갑자기 중간에 뚝 끊기면서, 길가메시의 머리가 화들짝 놀라는 반응을 보였다.

"탐지. 외부의 힘에 의해 실패. 파편은 안에 있음……."

"너 다른 말도 할 줄 알았네?"

"명령에 순종해야, 그 망할 놈이 살려 준다고 했다……."

성지한의 말에, 그리 대꾸하는 길가메시의 머리.

잠깐 맡기고 떠난 사이, 칼레인이 확실히 교육을 시켰구만.

성지한은 꽤 말을 잘 듣는 길가메시의 머리를 보며 질문했다.

"외부의 힘은, 어떤 거였는데?"

"나도 자세히는 모른다. 다만, 심상치 않은 게 저 안에 있다……."

"일단 네가 가리킨 방향은 저쪽이 맞겠군그래."

"맞다. 파편, 있음."

"그래. 그럼 인벤토리에 잠시 들어가 있어."

성지한이 인벤토리를 열자.

"이, 인벤토리…… 아, 안 된다. 거기만은!"

길가메시의 머리가 성지한의 손에서 빠져나오려는 양, 급히 움직였지만.

"심상치 않은 게 안에 있다며. 인벤토리 안이 안전할 텐데?"

"인벤토리에는, 안 좋은 기억이 있단 말이다……!"

안 좋은 기억이라니.

아.

'예전에 길가메시 놈 인벤토리에 놨을 때를 기억하고 있는 건가.'

그때도 인벤토리에 한 번 갔다 온 이후로, 말 좀 잘 들었지.

그만큼, 길가메시는 안에 들어가는 걸 치를 떨 만큼 싫어했지만.

"그래도 죽는 것보단 낫잖아?"

"으, 으으으……!"

성지한은 그의 우는 소리를 들은 척도 하지 않은 채,

인벤토리에 머리를 던져 버렸다.

그렇게 손에서 짐을 치워 버린 그는.

'또 저 단단한 나무 벽이 나타났군…… 뭐, 계속 부숴 보자.'

앞을 가로막는 벽을 모조리 불태워 버리며, 쭉 전진했다.

그렇게 얼마나 지나왔을까.

'……여기부턴, 확실히 좀 다르군.'

이그드라실의 연구소, 가장 안쪽에는.

빽빽한 녹색의 배리어가 쳐져 있었다.

성지한은 그곳에 벽을 녹일 때처럼 적멸을 쏘아 봤지만.

치이이익……!

배리어는, 살짝 타오르나 싶더니 금방 수복했다.

'이게 길가메시의 신호를 차단한 건가?'

확실히 단단하긴 하네.

이러면 무공을 써야겠군.

무극멸신武極滅神

천뢰봉염天雷鳳炎

적뢰무한赤雷無限

스스스…….

성지한의 머리 위로 봉황기가 떠오르고.

적의 힘이 한데로 갈무리 되었다.

그리고 불의 창이 배리어를 향해 돌진하자.

푸욱……!

적멸과는 달리, 보호막이 확실하게 뚫려 나갔다.

'그럼, 들어가 볼까.'

슉.

성지한이 뚫린 구멍을 통해 진입하자.

지이이잉……!

주변의 공간이 한 차례 뒤바뀌며.

드넓은 공동이 나타났다.

* * *

'여긴…….'

성지한은 주변을 둘러보았다.

시험관이 빼곡하던 다른 엘프 실험실과는 달리.

이 안에는 아무것도 없었다.

중앙에, 무지갯빛으로 반짝이는 작은 나무를 제외하곤.

'길가메시의 파편 같은 건, 전혀 안 보이는군…….'

그놈의 가이드를 믿는 게 아니었나.

성지한은 머리를 다시 꺼내 볼까 하다가, 일단은 중앙의 나무를 향해 접근했다.

아까 목조 건물에서 왜 이렇게 생명의 기운이 느껴지나 했더니.

'이 작은 나무에서 발현한 거였군.'

성지한보다 조금 더 큰 크기의, 작은 나무.

하나 무지갯빛으로 빛나는 게, 우주수 이그드라실의 상징임을 생각해 보면.

저 나무도 확실히 범상치 않은 거겠지.

'한번 살펴보자.'

뚜벅. 뚜벅.

성지한은 무지갯빛을 영롱히 내뿜고 있는 나무를 향해 다가갔다.

그가 서서히 거리를 좁히자.

스으으으…….

갑자기, 작게만 보였던 나무가.

급작스럽게 커지기 시작했다.

아니, 정확히는 나무가 커져 보이는 것일 뿐.

실제론 성지한의 육체가, 걸어갈 때마다 작아지고 있었다.

'흠. 외부에서 힘이 가해지는 건, 느끼지 못했는데…….'

뭐 때문에 이렇게 몸이 작아졌지?

성지한은 잠시 걸음을 멈추곤, 신체 내부를 관조했다.

무지갯빛 나무와 공명하는 신체 내의 영원.

이게, 육체 크기를 쪼그라들게 만드는, 왜곡을 만들어

내고 있었다.

'흠…… 이건, 적으로 해결하긴 쉽지 않겠네.'

[그렇다. 적은 왜곡을 만드는 쪽에 가까우니. 이건, 너의 힘을 써야 할 때다.]

'그래야겠어.'

적색의 관리자의 말대로.

이런 걸 해결하는 데에는, 청의 권능이 안성맞춤이다.

성지한이 그리 생각하고, 기운을 돌리니.

슈우우욱……!

줄어들었던 몸이 원래대로 돌아오며, 나무가 아까의 크기로 되돌아왔다.

[흠…… 나만 들어왔으면, 아까 거기서 꼼짝없이 계속 축소되었겠군.]

'아예 대항이 불가능할 정도였나?'

[아까의 그 왜곡. 나와는 상성이 안 좋다. 청이 왜곡을 끊어 낸다면, 이건 더 큰 왜곡으로 나의 것을 뒤덮는다고 보면 되겠군.]

아까 몸 작아진 게, 그 정도였단 말인가?

성지한이 고개를 갸웃한 채 무지갯빛의 나무 앞에 서자.

화아아아……!

나무 기둥 쪽에서, 눈부신 빛이 뿜어져 나왔다.

그리고 곧.

'이건…… 엘프. 인가?'

기둥 안이 마치 유리 벽처럼 변하더니.

그 안에, 한 엘프가 눈을 감은 채로 서 있었다.

[이 엘프, 널 인식하진 못하는 것 같군.]

'그래…… 근데. 이 엘프 뭔가 기이한데.'

[음? 어떤 면에서 그렇지?]

모두 한 공장에서 찍어 낸 것처럼 똑같이 생긴, 세계수 엘프.

하나, 그렇게 다량으로 만들기 전에는.

분명, 원조가 있었을 것이다.

견본 모델이 있어야, 저들의 엘프 공장에서도 그에 맞게 찍어 낼 테니까.

그리고.

'어째 얘가 그 원본인 거 같아.'

[이 엘프가 세계수 엘프의 원본이라고?]

'그래. 마치 지구에서 남자 하프 엘프들이 내 열화판인 거처럼. 연합의 다른 엘프들도 이 원본의 열화품이겠지.'

[……그런가? 생긴 건 비슷해 보인다만. 오히려 귀도 엘프보다 인간에 가까운 것 같은데.]

적색의 관리자가 지적한 대로.

무지갯빛 나무에 있는 엘프는 다른 이들과는 달리, 귀도 사람보다 조금 뾰족한 정도로.

그리 큰 크기가 아니었다.

하지만 성지한은.

'얘, 복제품이랑은 확실히 달라.'

나무 안의 엘프를 보며, 나름의 확신을 지니고 있었다.

이 엘프가, 연합의 원본이거나.

그와 준하는 존재일 거라고.

'길가메시의 파편도 못 찾았는데, 이거나 부술까.'

그리고 이게 원본 엘프가 맞다면.

이 무지갯빛 세계수를 부수고 저 엘프를 꺼내면.

연합 입장에서 상당히 골치가 아프겠지?

저들의 불행은 나의 행복.

성지한이 유리 벽 너머의 엘프를 보고, 불의 기운을 끌어모으자.

[네 말대로 원본이면, 저 엘프도 측정 불가능한 힘을 지니고 있을 텐데…… 감당 가능하겠나? 엘프 군단도 곧 올 텐데.]

적색의 관리자가 그렇게 경고했다.

확실히.

이 엘프, 생명의 기운 내뿜는 것만 봐도 범상치 않은 존재인 거 같긴 하단 말이지.

안전을 생각하면, 여기서 조금만 더 조사하다가 빠지는 게 최선이었다.

하지만.

'……왜 이렇게 깨고 싶지?'

성지한은 여기서 이걸 안 부수고, 돌아가면.
후회할 거 같다는 생각이 들었다.
인생, 어떻게 매번 안전하게만 사나.
한번 모험도 해 봐야지.
스으윽.
성지한이 봉황기를 재차 소환하자.
[……마음대로 해라.]
적색의 관리자도 그를 말리는 걸 포기하곤, 관전자 모드로 들어섰다.
그리고 불길을 머금은 봉황기가, 유리벽에 가까이 닿자.
스스스스…….
벽은 그대로 녹아내리며, 유리 안의 엘프가 서서히 눈을 떴다.
번쩍!
눈이 있는 자리에서, 동공 대신 새하얀 빛만 번쩍이는 상대는.
"이그, 드라실……."
눈앞이 보이지 않는지.
성지한 쪽을 바라보며, 이그드라실이라 불렀다.
저벅.
그녀가 한 걸음 걷자.
짙게 느껴지는, 생명의 기운.

이 기운은 S급 세계수도 감히 미치지 못할 만큼, 막대하게 응축되어 있었다.

하나.

발을 딛고, 다시 걸음을 떼려는 순간.

슈우우우…….

그 어마어마하던 생명의 기운이, 대번에 사방으로 흩어졌다.

그러더니, 서서히 쪼그라들기 시작하는 엘프의 얼굴과 몸.

"아…… 약속…… 못 지켰구나. 괜찮아…… 오래, 살았는걸……."

그녀는 애써 성지한을 향해 웃어 보이더니.

툭.

땅바닥에 힘없이 쓰러졌다.

'……뭐야.'

이거.

뭔가 이쪽이 나쁜 짓을 한 느낌인데.

성지한이 그렇게 쓰러진 엘프를 살펴보려 한순간.

콰콰쾅!

외부에서 폭발음이 들리더니.

"서, 설마……!"

두 자루의 청검을 든, 이그드라실이 흉흉한 표정으로 안으로 들어왔다.

“저, 적색의 관리자…… 당신이 어떻게 여기를……!”

평소와는 달리, 극도로 흥분한 그녀는.

땅바닥에 쓰러진 엘프를 보더니.

“아, 안 돼……!”

두 눈이 완전히 뒤집혔다.

* * *

[음. 상대를 화나게 하는 데는 성공했군.]

‘그래.’

예상보다도 좀, 많이 열 받은 거 같긴 하지만 말이지.

스스스스…….

이그드라실의 머리카락이 무지갯빛으로 번뜩이는 걸 보며 성지한은 생각했다.

‘이거, 적만 써선 절대 못 이긴다.’

이그드라실의 홈그라운드나 다름없는 연구실.

이 안에 짙게 깔린 생명의 기운은 그녀와 강하게 공명하고 있었다.

거기에.

‘저 쌍검…… 적합도가 상당한데.’

지금까지 인류의 청검 적합도 최고 기록은 25%.

헌데, 지금 이그드라실이 들고 온 쌍검은 적합도가 그보다 월등히 높아 보였다.

거기에 검의 모습이 어째 윤세진이 들고 있던 간장막야와 똑같이 생긴 거 보니까…….

'설마 세진 형 건가.'

이 인간 거면, 도움이 안 되네 진짜.

성지한은 미간을 찌푸리며, 검을 살필 무렵.

적색의 관리자가 말했다.

[안 되겠군. 이왕 이렇게 된 거, 인질극이다. 이 여자의 정체도 캘 겸해서, 어떤가?]

'좋아.'

이왕 유리 깨서 상황 이렇게 만든 거, 더 나아가야지.

슈우우우…….

성지한이 그녀를 잡아 들어올리자.

치이익……!

그가 잡은 목 부위가 새까맣게 불타올랐다.

"……놓으세요."

금방이라도 돌진해 올 것 같던 이그드라실이 멈칫하며 그리 말하자.

[검을 내려놓고, 거기 가만히 서 있으면, 불은 꺼주지.]

성지한은 적색의 관리자가 읊어주는 대로, 대사를 쳤다.

"……알았습니다."

푹!

이에 이그드라실은 땅바닥에 바로 청검을 꽂았다.

저 독한 녹색의 관리자가, 이 협박에 바로 따르다니.

그만큼 이 엘프가 그녀에겐 중요한 상대인 건가.

[이 엘프는 뭐지?]

"세계수 연합의 존재 이유입니다."

[존재 이유라……. 이 엘프가 없어지면, 연합이 무너지는 건가?]

"그전에 당신이 먼저 죽겠지요."

[후후후…….]

슈우우우…….

두 눈 가득 살기를 담아 말하는 이그드라실을 보며, 성지한은 일단 손에서 불을 껐다.

인질도 살아 있어야 가치가 있으니까.

'어쨌든 연합의 존재 이유라고까지 한 걸 보면, 더 많이 요구해도 되겠지만.'

그래도 여기서 이그드라실 보고 자살하라느니, 이런 요구는 택도 없을 테니까.

성지한은 이그드라실에게 원래 노리던 물건을 요구했다.

[길가메시의 파편을 내놓아라. 그럼 그녀를 풀어 주도록 하지.]

"역시 그걸 노렸습니까. 그럴 줄 알고, 함정을 파 두었는데 어떻게 여기로 왔죠?"

길가메시의 파편을 노리는 걸, 이미 알고 있었나.

방비가 너무 없다 했더니, 군단이 출정간 것 말고도 함정을 파 두었던 거군.

'연구실 배리어를 부쉈을 때 공간이 이동되는 느낌이 들었는데. 그게 어쩌면 함정이었을지도.'

근데 어떻게 이곳에 도착한 거지?

성지한은 의아한 느낌이 들었지만, 일단은 태연하게 대꾸했다.

[글쎄? 나는 모르는 일이지.]

"……잠시, 기다리세요."

성지한의 말에 입술을 꾹 깨문 이그드라실은.

손을 허공에 뻗었다.

그러자.

휘이이잉…….

공간이 왜곡되더니, 거기서 무언가가 소환되기 시작했다.

'이그드라실이 이렇게 저자세로 나오는 건 처음 보네.'

이 엘프, 그렇게까지 중요한 인물이었나?

생명의 기운이 거의 다 흩어져, 곧 죽을 거 같은 원형의 엘프.

[이 엘프, 곧 죽을 거 같은데.]

'그러니까.'

생명의 기운이 그렇게 많았는데, 뭐 이리 금방 흩어져?

시커멓게 타오른 목 부위는, 엘프 특유의 재생력도 나오지 않은 상태였다.

이대로면 진짜 곧 숨넘어가겠는데.

'그럼 눈 돌아간 이그드라실과 전력을 다해 싸워야 할 터…… 그럼 내가 성지한인 걸 들키게 된다.'

적색의 관리자의 힘 만으로는, 현재 절대 막을 수 없는 이그드라실.

그녀를 상대하기 위해선, 성지한도 전력을 다 끌어모아야 했다.

하지만 상대방의 본진에서 그러고 싸우다간, 계속되는 증원에 이쪽이 힘들지도 모르니.

여기선 이 인질의 숨통이 끊기기 전에, 길가메시의 파편 받고 후퇴하는 게 최선이었다.

'뭐 이리 오래 걸려.'

그렇게 성지한이 천천히 소환되는 길가메시의 파편을 기다리고 있을 때.

스스스스…….

성지한이 잡은 엘프의 목 부위에서, 새하얀 빛이 잠시 반짝였다.

그러자.

[상대방에게 스탯 '영원'이 1 흡수됩니다.]

[상대가 스탯 '공허'를 100 건네줍니다.]

'뭐야 이 미친 교환비는.'

성지한에게서 영원을 1 빼앗아간 엘프가 공허를 100이나 주고 있었다.

공허.

배틀넷에서 가장 강력한 능력이긴 했지만, 많이 쌓이면 본체를 집어삼키는 양면성을 지닌 스탯.

그걸 이 엘프는, 1:100이라는 비율로 성지한에게 쏟아내고 있었다.

그리고 그렇게 성지한에게서 영원을 강탈한 엘프는.

스으으으…….

타오른 목을, 자연스럽게 치유하고 있었다.

[상대방에게 스탯 '영원'이 1 흡수됩니다.]

[상대가 스탯 '공허'를 100 건네줍니다.]

그리고 1분도 채 안 되어서, 또다시 뒤바뀌는 영원과 공허.

이 속도면, 인질극을 십 분 정도 더 했다가는 공허에 파묻힐 지경이었다.

이대로 있다간 안 되겠는데.

[시간을 끄나 보군. 인질, 들고 가겠다.]

성지한은 그렇게 적색의 관리자의 행세를 하며.

파아아앗……!

뒤편에 붉은 포탈을 열었다.

"감히……!"

그 모습에 이그드라실이 눈썹을 꿈틀거리며 포탈을 억제하려고 했지만.

화르르륵……!

[거래에 성실히 임하지 않은 건, 그쪽이다.]

그러며 성지한이 손에서 다시 불을 피우자.

"알겠, 습니다."

으드득.

그녀는 이빨을 갈며 허공에서 손을 당겼다.

그러자, 그곳에서 튀어나오는 푸른 그릇.

그릇의 표면에는 고통에 가득 찬 길가메시의 얼굴이 그려진 채.

표정이 계속 미묘하게 바뀌고 있었다.

'저거…… 청색의 대기가 확실하군.'

가져가면 확실히 능력 좀 오르겠어.

성지한은 목을 쥔 손에서, 검지만 푼 채 손가락을 까닥까닥 했다.

[먼저 던져라.]

"그분 먼저 풀어 주세요. 바깥에 오래 계시면 안 됩니다."

[그건 네 사정이지.]

"……."

매섭게 피어오르는 살기.

하나 성지한은 눈썹 하나 까딱하지 않았다.

[후후. 연합의 존재 이유가 사라지는 게, 더 나을지도 모르겠군. 나한테는.]

"……받으십시오."

휙!

그 말에 그릇을 내던지는 이그드라실.

성지한은 이를 받고는.

[좋다. 그럼 가도록 하지.]

순순히 엘프의 목을 풀어주는가 싶더니, 그녀를 허공으로 휙 던졌다.

"……!"

휙!

이그드라실이 그걸 보고, 바로 엘프를 향해 뛰어들 때.

성지한은 열어 두었던 붉은 포탈로 얼른 몸을 맡겼다.

그때.

파아아앗……!

땅바닥에 꽂혀 있던 쌍검이, 공간을 대번에 뛰어넘으며.

그의 얼굴에 닿으려 했다.

피시시시…….

청검, 그것도 최고급 성능의 검에 닿자.

금방 불이 꺼지는 얼굴.

'역시 안 싸우는 게 정답이었군.'

적색 권능만으론 절대 이길 수 없는 상대다.

성지한이 얼굴이 베이는 걸 각오한 채, 포탈에 몸을 맡겼을 때.

알아서 움직이던 쌍검이 잠시, 멈추었다.

"뭐해?! 왜 안 움직여?!"

엘프를 낚아챈 이그드라실이 검을 향해 노성을 지를 즈음.

번쩍……!

성지한은 무사히 포탈에 몸을 맡겼다.

그렇게 적색의 관리자가 사라지자.

"성능이 가장 좋다고 해서 가지고 왔는데……. 감히 말을 안 들어?!"

허공에 둥둥 뜬, 두 청검을 무서운 눈으로 노려보던 이그드라실은.

안고 있던 엘프를 걱정스러운 눈으로 바라보다가, 눈빛이 바뀌었다.

분명, 적색의 관리자에 의해 그을렸던 엘프의 목이.

회복되어 있었으니까.

"어떻게…… 회복하셨지?"

혼란스러운 표정으로 그녀를 잠시 지켜보던 이그드라실은.

"이럴 때가 아니지."

황급히 엘프를 들고, 무지갯빛의 나무가 있는 곳으로

다시 이동했다.

그리고 그녀를 다시 그 안에 넣은 이그드라실은.

"……."

엘프의 목이 저절로 치유된 걸, 가만히 지켜보다 조용히 읊조렸다.

"적색의 관리자……. 생포해야겠네."

죽이는 것보다, 생포하는 게 훨씬 어렵겠지만.

엘프가 스스로 회복한 걸 본 이상, 이그드라실에게 선택지는 존재하지 않았다.

그녀는 가라앉은 눈으로 엘프를 바라보다가, 시선을 청검 쪽으로 돌렸다.

"그러려면…… 검부터 제대로 되어야겠지."

적색의 관리자를 벨 수 있었는데, 성지한의 얼굴이 드러나자 멈춘 청검.

절호의 기회를 놓친 이그드라실은, 얼굴이 흉흉하게 굳어 있었다.

오늘 적색의 관리자에게 당한 원한을 여기에 풀겠다는 듯.

저벅. 저벅.

그녀는 쌍검을 향해 빠르게 다가갔다.

* * *

[위험했군.]

'그래.'

포탈을 통해, 여러 군데를 경유해서 탈출에 성공한 성지한은.

죽은 별에 도착하자 한숨을 돌렸다.

적합도가 상당히 높아 보였던 청검.

그게 중간에 멈추지 않았다면, 머리에 확실히 상처가 났을 것이다.

물론 영원이 있으니, 웬만한 상처는 금방 회복하긴 하겠지만.

검을 이겨 내는 걸 보면, 성지한의 정체가 의심받았을지도 모르지.

'엘프의 원형…… 그녀에 대해선 결국 알아낸 게 별로 없네.'

[인질극을 좀 더 해 보지 그랬나. 그 엘프가 연합의 존재 이유라니. 그런 건 나도 들어본 적이 없었다.]

적색의 관리자는 엘프에 대해 더 캐내지 못한 걸 아쉬워했지만.

'재 잡고만 있어도 공허 100씩 올라. 벌써 공허 400이다.'

[공허를……. 저 엘프가 올려 준다고?]

'그래. 영원을 흡수하고 공허를 주더라.'

[흠……. 그럼 어쩔 수 없었군.]

성지한의 대답에, 금방 납득했다.

[세계수 연합이 공허 처리장을 만드는 이유가, 어쩌면 그녀 때문이었나.]

'이그드라실이 영원히 살려고 그런 게 아니고?'

[이그드라실의 나이를 생각하면, 공허 처리장의 숫자가 너무 많았지.]

'몇 살인데?'

[사오만 년 정도밖에 안 된다고 알려져 있다.]

아…… 그게 얘네 기준에선 얼마 안 되는 거였군.

'그럼 그 엘프가 나이 더 많은 건가.'

[그럴지도. 흐음……. 내가 좀 알아봐도 되겠는가? 내가 지닌 정보로도, 전혀 추리할 수 없는 엘프라니……. 궁금하군.]

적색의 관리자는 정체불명의 엘프를 보고 호기심이 발동한 건지.

성지한에게 따로 조사를 해도 되냐고 요청했다.

그녀의 정체가 궁금한 건 성지한도 마찬가지였기에, 그는 이를 쉽게 승낙했다.

'그렇게 해.'

[그래서 조사를 위한, 요청이 하나 있다만.]

'요청?'

[그래. 아까 엘프를 찍었던 영상, 배틀튜브에 올려보는 게 어떻겠나.]

배틀튜브라니.

성지한은 뜻밖의 말에 눈썹을 꿈틀거렸다.

'배틀튜브라니…… 그때 만들었던 계정으로? 백색의 관리자가 스토킹하는?'

[그래. 거기에 올리는 거다. 새로 만들지 말고.]

'흠…… 왜지?'

[백색의 관리자라면, 그녀를 알고 있을지도 모르니까.]

백색의 관리자랑, 그 엘프가 무슨 관련이 있다고 생각하는 건가?

성지한은 적색의 관리자의 추리에 대해 아직 이해할 수는 없었지만.

'뭐…… 좋아.'

현재 뾰족한 수가 없는 만큼, 일단은 그의 말을 따르기로 했다.

'그럼 죽은 별에서 좌표를 바꾸어야겠군.'

파아앗……!

포탈을 타고, 자신이 예전에 초토화시킨 세계수 연합의 행성 근처로 넘어간 성지한은.

적색의 관리자가 아까 녹화한 영상을, 업로드하기 전에 자신이 먼저 지켜보았다.

'이 엘프. 두 눈에 눈동자가 없고 대신 새하얀 빛으로 번쩍거리긴 했는데…….'

그거 외에는, 백색의 관리자랑 연관 있어 보이는 부분이 아예 없었다.

그렇다고 저 빛만 가지고 죄다 백색의 관리자랑 관련을 짓는 건 무리일 텐데.

'뭐, 업로드해 보면 저쪽에서도 반응이 오겠지.'

성지한은 그리 생각하곤, 봉인해 두었던 배틀튜브 계정에 접속해 보았다.

그러자.

'……미친 놈이 도배를 해 놨네.'

그의 계정 메인 페이지는.

['백색의 관리자'가 스탯 백광白光을 부여하려 합니다.]

[받아들이시겠습니까?]

백광을 받으라는 메시지로, 완전히 가득 차 있었다.

* * *

'이러니까 더 얻기 싫어지는데.'

성지한은 백광을 얻으라는 메시지를 싹 다 지우며 생각했다.

이렇게 저쪽에서 능력 가져가라고 강요하는 거 보니까, 이거 얻으면 확실히 불이익이 있을 거 같았다.

'올스탯 수집은 이그드라실을 베고 나서도 충분하지.'

그는 그리 생각하며 아까의 영상을 재생해 업로드를 진

행해 보았다.

그러자 처음에는.

[하. 적색의 관리자여. 뭐 하나 했더니 영상을 올려? 그걸 내가 허락할 거 같으냐?]

[그래. 배틀튜브를 사용하고 싶다면, 백광을 받아들여라. 빛의 힘을 이용하면, 너는 배틀튜브를 완벽하게 이용할 수 있으니까.]

[아니면 나와 다시 협력하는 게 어떻겠나? 그러면……]

백색의 관리자가 그렇게 메시지를 보내면서 업로드를 허용하지 않으려 했지만.

[이건……]

[이건. 이건. 이건. 이건.]

[살아, 있었다고? 그녀가?]

[이 영상, 진짜냐? 아니. 진짜군. 진짜야. 이그드라실. 이미 죽은 주인을 세계수 엘프로 이용하는 게 아니라, 사실은 살리려 했는가.]

백색의 관리자가 영상을 보았는지.

메시지가 여기저기서 혼란스럽게 떠올랐다.

그중, 성지한은 맨 마지막에 떠오른 메시지에 주목했다.

'주인이라고?'

그 원형의 엘프가, 이그드라실의 주인이었나?

이그드라실의 주인이 될 정도면, 이 엘프도 관리자 급

이었을 거 같은데.

'전대의 임기제 관리자였나.'

[내가 알기로 전대에 저런 관리자는 없었다. 물론, 내가 알아본 기록이 전부는 아니겠지만…… 나도 임기제에 저항하려고 한 몸. 알아볼 수 있는 모든 케이스를 살펴봤었지.]

'흠. 그래? 전대 관리자들은 다 어떻게 됐나?'

[모두가 은퇴 후 천 년 안에 실종되었지…… 아마 공허에 파묻혔을 것이다.]

은퇴 후, 남은 수명은 천 년까지만 보장된 건가.

'넌 그럼 예전에 죽었어야 했는데, 잘도 도망쳤네.'

[후후……. 선배들이 그렇게 죽는 걸 보았는데, 어찌 가만히 죽음을 기다리겠나? 당연히 살아날 방도를 찾아 나섰지.]

그래서 명계 같은 거 만들다가 청홍에 갇히게 된 거군.

성지한이 그렇게 임기제 관리자에 대한 이야기를 잠시 듣고 있을 때.

스스스…….

그의 눈앞에서, 메시지가 다시 바뀌었다.

[쓸모없는 짓이로구나.]

[공허의 인장이 찍힌 자는 이를 되돌릴 수 없다.]

[너도 공허의 인장이 찍혔으면, 내가 아무리 보호했다 한들 자생하는 공허에 파묻혔겠지.]

공허의 인장은 뭐야.

성지한의 의문에, 적색의 관리자가 친절히 답해 주었다.

[임기가 끝날 때, 몸에 자생하는 인장이다. 이것이 생기면, 임기제 관리자는 자신의 권능을 다음 대성좌에게 넘겨주고 은퇴를 준비해야 하지.]

'너는 그전에 튄 거고?'

[그렇다. 사실 공허의 인장은 몸에 자생하는 게 아니라, 흑색의 관리자가 와서 찍는 거다. 임기제 관리자가 그에겐 상대가 안 되니, 오는 줄도 모르고 그냥 자생하는 줄 알았을 뿐이지.]

'흠…….'

흑색 놈, 확실히 세긴 센가 보군.

임기제 관리자들도 다들 한 끗발 할 텐데, 오는 줄도 모르는 걸 보면 말이야.

근데 백색은 왜 이렇게 제어를 안 하는 건지, 다시 한 번 성지한이 의아해 할 즈음.

[그러나 이 발악, 업로드하는 일은 내게도 관심이 가는구나…….]

[이제는 기억하는 이 없겠지만, 그녀는 배틀넷의 대역죄인. 공개적으로 망신을 당하는 것도 좋겠지…….]

[좋다. 이 영상 하나는 업로드, 허락해 주지.]

그러더니.

채널 이름이 '적색의 관리자'로 저절로 바뀌더니.

영상이 하나 업로드되기 시작했다.

[녹색의 관리자가 죽고 못 사는 엘프의 정체는 과연…….!!!]

배틀튜브에서 저절로 써지는 영상 제목.

그러면서, 메인 화면에 [이거 실화냐?!] 멘트가 떡하니 붙어 있었다.

'……이놈 상시 관리자 맞냐?'

성지한은 그냥 영상만 업로드한 거뿐인데.

백색의 관리자가, 알아서 제목부터 멘트까지 달아 놓은 배틀튜브 영상.

헌데 어째 적어 놓은 글귀가 영 저렴해 보였다.

[내 이름을 건 채널이라, 더 저런 듯싶군……. 대신 조회 수는 확실히 올라가는구나.]

적색의 관리자 말대로, 저쪽에서 무슨 수작을 부린 건지.

채널 연 지 얼마 되지도 않았는데 조회 수는 금방 십만을 돌파하고 있었다.

사실 이렇게 올린 지 얼마 되지도 않은 영상이, 노출될 리가 없는데.

배틀튜브의 운영자가 손을 써서 그런지, 올라가는 속도가 어마무시했다.

'근데 사실 내가 궁금한 건, 저 엘프의 정체인데 말이지.'

백색의 관리자와 접촉하며, 알아낸 사실은 몇 개 있긴 했다.

'원형의 엘프'는 이그드라실의 주인이었으며.

공허의 인장이 찍힌 걸 보면, 적어도 임기제 관리자 정도의 존재는 되었을 것이다.

그리고.

'배틀넷의 대역죄인이라고 했지.'

그래서 공개적으로 망신을 당하게 하겠다고, 배틀튜브의 운영 권한을 남용하는 백색의 관리자.

백색의 관리자가 원형의 엘프에게 호의적이진 않아 보였다.

'하나 이 정보만으론, 원형의 엘프가 어떤 존잰지 알아내는 건 불가능하다.'

그녀의 정체를 캐내려면, 더 단서가 있어야겠지.

물론, 백색의 관리자는 그녀를 알고 있는 눈초리긴 하다만…….

[그에게 물어봤자 헤븐넷 권한이나 내놓으라고 할 테니, 내가 따로 전대 관리자의 정보를 재조사해 보겠다. 원형의 엘프…… 후후. 이런 존재가 있었는가.]

'그래. 좀 알아봐. 나도 공허 쪽에 한번 물어나 보지.'

[알겠다.]

흑색의 관리자가 친절하게 알려 줄 거 같진 않으니.

별 기대는 하지 않으면서도, 성지한은 나중에 윤세아를

통해 문의나 넣어 보기로 했다.

그렇게 이야기를 마쳤을 즈음.

영상의 조회 수는 어느새 수백만 회로 훌쩍 올라 있었다.

'아니…… 모든 배틀튜브 유저들 메인 화면에 띄어 놓은 건가. 올린 지 얼마나 됐다고 수백만이야.'

진짜 운영자가 밀어주니까 조회 수 뻥튀기가 장난 아니네.

성지한은 그리 생각하며, 리플창을 열어보자.

1등 댓글엔, 녹색의 관리자 이그드라실이 떡하니 댓글을 써 놓고 있었다.

—적색의 관리자, 또 선을 넘었군요. 당신…… 곱게 죽이지 않겠습니다.

곱게 죽이지 않겠다라.

성지한은 그걸 보고 피식 웃었다.

'뭘 이제 와서.'

이그드라실에게 뭔 사정이 있던, 지구를 그 꼬라지로 만든 이상.

그녀는 자신의 주적이다.

곱게 죽이지 않는 건, 이쪽도 마찬가지지.

성지한은 그리 생각하며 실시간으로 달리는 댓글을 쭉

살펴보았다.

—뭐야 이거…… 진짜야???

—근데 적색의 관리자 채널이 생성되다니 이게 허용이 되나;

—허용 되는 수준이 아닌데? 이거 배틀튜브 운영자 쪽에서 밀어주는 게 확실함 아니면 10분 전에 올라온 영상이 뭔 조회 수 500만을 돌파하냐 ㅋㅋㅋㅋ

—운영자면 백색의 관리자 아니야? 백이랑 적이랑 또 손잡은 거임?

—근데 영상도 충격이네……. 저 엘프는 뭐야?

—녹색의 관리자가 저렇게 싸고도는 엘프가 있었네;

적색의 관리자의 영상이 화제의 영상으로 떠오르는 과정을 보고, 백색이 도와준 거 아니냐고 의심하는 부류와.

영상의 내용을 보며, 엘프 정체가 뭐냐고 의구심을 표출하는 부류.

시청자 반응은 크게 두 갈래로 나뉜 채, 댓글이 주룩주룩 달리고 있었다.

'엘프에 대한 쓸만한 정보는 없어 보이네.'

백색의 관리자가 이제는 기억하는 이 없다고 한 걸 보아.

지금의 성좌들도 모르는, 초고대의 존재인가.

'일단 여기선, 건질 게 없네.'

성지한은 댓글을 한 10여 분 살피다가, 그리 결론을 내렸다.

엘프에 대한 정보는, 일단 적색의 관리자가 물어오는 걸 기다려야겠군.

'그럼, 일단 이건 끄고.'

지잉. 지잉.

배틀튜브 화면을 끄기 전, 또 끈질기게 백광을 받아들이라는 메시지가 나왔지만.

이젠 익숙한 손놀림으로 싹 다 꺼 버린 성지한은, 왼손에 들고 있는 걸 바라보았다.

거기엔.

길가메시의 얼굴이 새겨진, 푸른 그릇이 있었다.

* * *

"이놈은 진짜 별별 상태로 다 있네."

이젠 인간도 아니라, 그릇이냐.

정말 전 우주에서 살고자 하는 의지로 따지자면, 이놈이 가장 강력하지 않을까.

성지한은 고통스러운 안색의 길가메시를 보며 징글징글하단 생각이 들었다.

'저번에 파편 흡수할 때처럼, 깨부수면 되려나.'

성지한은 길가메시 파편에서 청색의 대기를 흡수했을 때를 떠올리다가, 생각을 바꾸었다.

'깨부수기 전에, 머리를 한번 꺼내 봐야겠군.'

그는 인벤토리를 열어, 길가메시의 파편을 꺼냈다.

그러자.

"으. 으으…… 거. 거긴 싫어…… 말 잘 들을 테니. 제발 거기에만은 넣지 마라……."

길가메시의 머리는 공포에 질린 얼굴로 오들오들 떨고 있었다.

이거 완전 트라우마 걸렸네.

"당분간은 넣을 생각 없으니, 얘나 봐라."

"얘……? 어. 이건……."

"이그드라실한테서 받은 네 본체다. 그릇이 되어 버렸다만."

"……."

그 말에.

둥. 둥…….

자신의 얼굴이 새겨진 그릇을 유심히 지켜보는 길가메시.

"잠깐. 대화해도 되겠나?"

"대화가 돼?"

"왠지 될 거 같다."

그는 묘한 확신을 지닌 채, 성지한에게 허락을 구했다.

"그래. 나도 한번 해 봐. 어차피 부술 거지만, 이놈과는

질긴 인연이니 유언 정돈 들어줘야지."

"……알았다."

둥. 둥.

머리가 그릇을 향해 다가가자.

툭!

이 머리가, 그릇에 찰싹 달라 붙었다.

빼금. 빼금.

그리고 그 상태에서, 몇 번이고 입을 뻥긋거리던 길가메시의 머리는.

곧, 믿기지 않는다는 표정으로 말했다.

"본체여…… 그게 정말인가?"

"뭐라고 했는데."

"아니. 너……. 본체 맞느냐? 믿을 수가 없다. 나라면, 이런 선택 따위 절대 하지 않을 텐데? 나 길가메시가 어찌 생을 포기한단 말인가?"

입에서 침을 튀길 기세로, 흥분하는 길가메시의 머리.

대체 뭔 소리를 들었기에 저리 열을 내나 싶더니.

성지한은 그가 한 마지막 말을 듣곤, 눈을 크게 떴다.

"길가메시가, 생을 포기한다고?"

"그. 그렇다…… 본체가. 죽고 싶어한다."

"그놈이?"

무슨 상황에 처해도, 살려고 발버둥을 쳤던 길가메시.

생의 의지 하나만큼은 이 우주에서도 으뜸을 쳐줄 만한

녀석이.

입도 안 털고 얌전히 죽여 달라고 그래?

“그거참 신기하군…… 지금 그릇에서 뭐 하고 있는데 그래?”

“그것은…… 직접 보는 게 나을 것이다.”

길가메시의 머리에서 눈빛이 퍼지더니.

지이이이잉…….

그것은 곧, 하나의 화면을 이루었다.

[‘청색의 대기’ 완성을 위한, 5436834째 시도]

그러자 화면 안엔, 엘프어로 쓰인 전광판이 나오고.

곧이어서 나무 안에 길가메시가 담겨 있는 모습이 나타났다.

원형의 엘프가 보관된 무지갯빛 세계수는 아니지만.

그래도 B급 이상은 되어 보이는 세계수에 홀로 담겨 있는 길가메시.

그는 지친 얼굴로 허공만 바라보고 있었다.

그리고, 얼마 지나지 않아.

지이이잉…….

그의 몸이 한 차례 스캔되나 싶더니.

전광판에, 새로이 글자가 떠올랐다.

[비교대상 – 성지한 : 기준 미달]

[비교대상 – 아소카 : 기준 미달]

[재시도]

퍼어엉!

재시도가 뜨자마자, 폭발하는 길가메시의 몸.

그리고 생명의 기운이 피어오른다 싶더니.

['청색의 대기' 완성을 위한, 5436835째 시도]

시도 숫자가 1 올라갔다.

"이게 이 그릇 안에서 벌어지는 일이라고?"

"……그런 거 같다. 저 대기의 안은 작은 세계. 거기서 본체는, 무한히 파괴되고 재생된다. 스탯 청에 닿았던, 너나 아소카와 비교하는 거겠지."

"허. 저런다고 없던 청이 생기는 건 아닐 텐데."

"저것은, 담는 용기. 그릇을 완성시키기 위한 작업. 안에 담을 청은 다른 데서 가져오겠지……."

자신의 본체가 재생했다 폭발하는 모습을 보며, 길가메시의 파편이 우울한 목소리로 말했다.

확실히 시도 횟수가 정신 나가긴 했네.

'……그리고 한 번 터질수록. 그릇도 아주 조금씩 발전하긴 해.'

청을 이 세상에서 누구보다 잘 다루는 그이기에, 눈치 챌 수 있는 그릇의 발전.

세계수 연합의 실험은 그릇을 완성시키는데 있어선 성공적이었다.

이거, 좀 더 내버려 두면 더 좋은 물건이 나오긴 하겠지.

하지만.

'……내 수준에선 이 정도로 충분하다.'

어차피 지금 이 그릇을 부숴도, 충분히 원하던 성취를 이룰 수 있는데.

자동 폭발과 재생.

저 무한한 반복을 계속 놔둘 필요는 없었다.

"알았다. 당장 부숴 주지."

우두둑…….

성지한이 손을 우그러뜨리자.

화면 속의 세계가 빠르게 무너지기 시작했다.

(2레벨로 회귀한 무신 26권에서 계속)